T0283908

A orillas del Rubicón

NOVELA | Berenice

Francisco Uría
José Luis Hernández Garvi

A orillas del Rubicón

Berenice

© Francisco Uría, 2022
© José Luis Hernández Garvi, 2022
© Almuzara s.l., 2022
www.editorialberenice.com
Parque Logístico de Córdoba. Ctra. Palma del Río, km 4
C/8, Nave L2, nº 3. 14005, Córdoba

Primera edición: septiembre, 2022

Colección: Novela

Director editorial:
Javier Ortega

Impresión y encuadernación:
Gráficas La Paz

ISBN: 978-84-11311-10-6
Depósito legal: CO-1096-2022

Impreso en España / *Printed in Spain*

*A los maestros que nos hicieron
amar la Historia.*

ALEA JACTA EST

Roma seguía siendo formalmente una República en el año 53 a. C. No obstante, el verdadero poder lo ostentaban tres hombres unidos en un Triunvirato: Pompeyo, Craso y César. A pesar de las tensiones que se produjeron entre ellos la alianza se mantuvo hasta que en ese año Craso encontró la muerte, llevado seguramente por sus propios errores, a mano de los partos, viejos enemigos de Roma.

Su muerte dejó a Pompeyo y a César frente a frente, dos hombres ambiciosos dispuestos a todo. *A priori*, Pompeyo partía de una situación ventajosa. De mayor edad que César y con un gran prestigio por sus pasadas victorias militares, Pompeyo se encontraba en Roma cuando se conoció la muerte de Craso. Junto con sus partidarios controlaba las instituciones de la República y las tropas que se encontraban en la península itálica.

César era procónsul en la Galia Cisalpina, escenario de sus victorias militares y territorio que tras una cruenta campaña había logrado pacificar. Como única ventaja contaba con la inquebrantable lealtad de sus legiones curtidas en combate junto a él.

Los partidarios de Pompeyo en el Senado, conscientes de esa fortaleza de su rival, no tardaron en presentar mociones destinadas a destituirle de su puesto, a las que Antonio y Casio, favorables a César, se oponían sistemáticamente, dando lugar a una situación de bloqueo que las instituciones republicanas no pudieron resolver.

Una vez más, los ciudadanos de Roma se enfrentaban a la amenaza de una guerra civil. Si un procónsul osaba cruzar el límite de su provincia al frente de sus legiones en armas sin la autorización previa del Senado, violaba la ley y se expondría a un grave castigo. César era consciente de que si atravesaba con sus hombres el río Rubicón, que marcaba la frontera de la Galia Cisalpina con Italia, no habría marcha atrás. Los historiadores creen que la magnitud del desafío le hizo dudar y que se detuvo junto al río con la legión que le acompañaba mientras tomaba una decisión que podía cambiar el destino de Roma y sellar su propia suerte. Al final, se cree que el 10 de enero del año 49 a. C. resolvió seguir adelante sabiendo que no habría marcha atrás, en un acto que suponía el inicio de la guerra contra Pompeyo.

Fue entonces cuando pronunció la frase que pasó a la Historia: *alea jacta est*.

«No das un paso, no tramas un complot, no concibes un solo pensamiento sin que yo lo sepa; y digo más, sin que yo lo conozca en todos sus detalles».

Cicerón, *Catilinarias I; I-III*

«Cada uno es artífice de su propio destino».

Apio Claudio el Ciego, *Sentencias*

CARTA I

Cayo César saluda a
su admirado Manio Atellus:

Mi querido maestro, sé bien que ha transcurrido demasiado tiempo desde la última vez que hablamos o intercambiamos mensajes. La vida que he llevado en estos años no ha hecho fáciles las comunicaciones y tampoco he podido atender como debía mis obligaciones con la familia y con las personas a las que debo respeto y afecto, como sucede en tu caso.

Supe del infortunio que te afectó sucesivamente con la muerte prematura de tus hijos y de tu amada esposa. Sé bien del amor que les profesabas e intuyo el inmenso dolor que todo ello te haya causado. Me hablan también de padecimientos recientes que han afectado a tu salud, de los que espero hayas podido recuperarte. Sentí no haber podido acompañarte en tan difíciles días. Mis obligaciones me lo han impedido, pero siempre te he tenido presente en mis oraciones a los dioses, en lo que mis súplicas puedan valer.

Hace ya tiempo que rehúyes el contacto con los hombres, y sé que no soy una excepción. Tus buenas razones habrás tenido, tú que nos has observado tanto y tan atentamente. Nada te reprocho.

Habrás podido saber de mis hechos recientes, pues son notorios, y te habrán llegado también las falacias de mis enemigos.

A pesar de mis logros, no son felicitaciones lo que recibo en estos tristes días desde el Senado romano, donde los aliados de Pompeyo tratan de perjudicarme, recurriendo a todas las vilezas imaginables, de modo que solo el fiel apoyo de algunos amigos, como Marco Antonio, ha impedido el injusto fin de mi carrera pública.

Mil veces mis hombres y yo estuvimos a punto de ser derrotados y perder la vida en el territorio de la Galia; mil padecimientos y privaciones hemos sufrido mientras combatíamos sin descanso por la gloria de Roma; ahora nada de esto nos es reconocido.

Desde el Senado solo me llegan voces para que licencie a mis hombres, disgregue a mis legiones, renuncie a mis cargos y me presente solo en Roma para ser juzgado por mis actos. ¡Cuando debería haber sido recibido en triunfo y haber sido cargado de honores!

Recuerdo bien tus antiguas lecciones: que supiera reconocer a mis amigos, mis aliados y mis rivales, mientras me insistías en que no me sería fácil distinguir a unos de otros. ¡Cuánta razón tenías! Pero sobre todo, recuerdo que me advertías que me cuidara de mi peor enemigo, de su ambición y su ira, que conocías temible: ¡de mí mismo!

Pero no es de mi ambición de lo que he de guardarme, ni de lo que habrán de guardarse los romanos. Gracias a ella se han agrandado y consolidado nuestros dominios en las Galias, en Britania, en Germania y en el Mediterráneo.

La República tampoco ha de temer nada de mí. Siempre honraré y respetaré al Senado. Pero resulta evidente que en los últimos tiempos el Senado se ha llenado de enemigos de la República y del pueblo de Roma, gentes que solo sirven a un amo, Pompeyo, y esa sí es una ambición peligrosa que debe ser temida, pues no pretende engrandecer Roma, sino favorecer su ego e incrementar su fama.

Pompeyo sí es un enemigo de la República y de las libertades de los romanos, a las que amenaza con sus aliados.

Cicerón y otros fieles partidarios de la República han intentado llegar a un acuerdo que evite la guerra civil que parece inevitable tras la muerte de Craso. Yo he fijado mis condiciones: mantendré los mismos hombres en armas que Pompeyo, una legión, y permaneceré en la Galia, pero no dejaré de ser pretor mientras él lo siga siendo y todas las acciones emprendidas contra mí por sus partidarios deben cesar. Pompeyo ha fingido aceptarlas en dos ocasiones, para incumplirlas finalmente. Quiere asumir el poder absoluto y sabe que solo yo me interpongo en su camino. Tal y como yo lo veo, soy yo la única esperanza de la República.

Pompeyo se consideraba un igual a Craso, aunque Craso se consideraba superior a él, como de hecho lo era en fortuna personal. En todo caso, los dos me consideraban un inferior. Mi único papel en el triunvirato era evitar el choque directo entre ambos. Desaparecido Craso, Pompeyo se cree con derecho a asumir la condición de dictador. No me cree un igual, lo que yo sí aceptaría.

Hasta ahora he estado seguro. Rodeado de los hombres con los que he combatido estos largos años. He comido lo que ellos y he padecido a su lado las mismas privaciones. Ellos lo saben. Nos hemos enfrentado a momentos duros y graves dificultades y juntos hemos salido adelante.

Nadie podría matarme protegido por su lealtad. Ningún asesino enviado desde Roma podría atravesar nuestras líneas y llegar armado hasta mi tienda. No, para matarme necesitan separarme de mis hombres. Y eso nunca ocurrirá ni permitiré que se produzca, como ellos lo impedirán de la misma forma; soy su comandante y me seguirán hasta la muerte.

Pompeyo cree poder levantar un ejército muy superior al mío. Es posible que lo consiga. Está en Roma y tiene todos los recursos de la República a su disposición. El Senado no le negará nada. También es un buen estratega que logró grandes triunfos en el pasado. Todo eso le hace sentirse confiado, seguro de su victoria. Desde esa posición hará que rechace cualquier acuerdo. Lo quiere todo, no va a compartir el poder con nadie y menos conmigo.

No traicionaré a Roma dejando desvalidas sus fronteras. Mis hombres permanecerán en sus puestos, mientras guardan los territorios que hemos ganado para Roma. Solo una pequeña parte, apenas una legión, y unos cientos de caballeros me acompañan en estos días.

Lo que Pompeyo no sabe, o ha olvidado, es que una legión no es igual que otra. No es lo mismo reclutar tropas entre aquellos que hace años que no combaten, o que nunca se han puesto a prueba luchando en una batalla, para oponer esas fuerzas frente a un ejército que se ha batido en la guerra logrando victoria tras victoria. No es igual una legión comandada por un general, al que sus hombres conocen y respetan, que una legión liderada por un caudillo al que no conocen ni aman.

Podría seguir esperando aquí, en la Galia, un año o dos, si las cosas pudieran seguir como están. Pero no será así. Tarde o temprano, mis enemigos vencerán la resistencia de Antonio y Casio, mis únicos amigos en el Senado, y promoverán mi cese como pretor, ordenando el regreso de mis legiones, que serán dispersadas. Entretanto, campaña tras campaña, ensuciarán mi nombre y ocultarán mis logros, que serán vilipendiados. Me acusarán de todo lo imaginable y finalmente seré asesinado, de un modo u otro.

No lo consentiré sin luchar. No por mí, sino por Roma, que merece otro destino y que no merece ser gobernada por hombres corruptos y cobardes, que manipulan la ley a su antojo y denigran al Senado y a nuestras instituciones.

Amigo mío, no me han dejado otra alternativa. O Cesar o nada.

Ayer pasé el día en Rávena, acompañado de los míos. Sé que hay espías de Pompeyo por todas partes que vigilan si doy un paso en dirección a la frontera de la provincia para emprender el camino hacia Roma, así que pasé el día en mis entretenimientos habituales. Visité algunas obras y comí y cené a la vista de todos. Mientras mantenía las apariencias despaché por delante a varios de mis hombres, con sus armas ocultas, para que fueran abriéndome camino. Después de la cena, alegué cansancio y me retiré a mis aposentos mucho antes de lo que acostumbro. Salí entonces por una puerta trasera que da a un callejón oscuro, donde me esperaban algunos de mis más leales hombres con un humilde carromato, y subí a él.

Era una noche bajo la luna llena cuando emprendimos el camino hacia el río Rubicón, donde ahora me encuentro, en la frontera de mi provincia, en el límite que, de ser cruzado, implicará la rebelión abierta contra Roma. Si mis legiones atraviesan ese estrecho vado, que todavía no ha crecido con las aguas del deshielo, el paso será irreversible.

La presencia de la luna al comenzar el viaje fue un buen augurio, aunque el que nos perdiéramos durante la noche no lo fue tanto. Pasamos horas por los caminos del bosque hasta encontrar el sendero correcto que por fin nos condujo sanos y salvos a nuestro destino.

Y aquí me encuentro ahora, rodeado de mis hombres, de mis legionarios, que esperan anhelantes mi orden de cruzar el vado y avanzar sobre Roma. Ellos saben que lo haré, saben que no tengo otro remedio. De una manera o de otra, conocen lo que está sucediendo, las sucias mentiras que se arrojan sobre mí y sobre mi nombre, la forma cobarde en la que se niegan los admirables hechos de armas en los que han participado, las victorias que hemos compartido, y desean sellar para siempre las bocas de los mentirosos.

Les contengo a duras penas, mientras domino mis impulsos y esperamos aquí. Desde este lugar he enviado a un mensajero de confianza portando esta misiva en la que también quiero pedirte tu consejo. Querido amigo, ¿qué debo hacer en esta hora? ¿Me engaño cuando creo que no existe otra opción para la República y para mí que combatir a nuestros enemigos comunes? ¿Sabrá la historia entender el paso que estoy a punto de dar? ¿No es una guerra civil que se libra para asegurar la supervivencia de la República y la libertad de los romanos mejor opción que una paz de cobardes que niega nuestros derechos y libertades, que nos despoja de lo que somos? ¿Cómo me recordará la historia si venzo? ¿Y si por el contrario perezco?

Esta noche en mi tienda, con un humilde fuego que me protege del frío y de la humedad de este inhóspito invierno, te escribo estas líneas para decirte que estoy listo para afrontar mi destino, que no temo a la muerte, sino al deshonor de ver mi nombre diariamente mancillado, y que todo lo que me ha traído hasta aquí me obliga a seguir adelante, a traspasar este estrecho cauce y acudir a la cita que me han reservado los dioses, una vez más sin miedo.

Pero antes de hacerlo quiero volverme a mi maestro, guía y amigo de tantos años, para pedirle su consejo para la misión que ahora he de emprender. Aunque sé que te horroriza la perspectiva de la muerte de tantos romanos en una lucha entre ciudadanos, sabes que su sacrificio será inevitable, y que, si mis hombres y yo no combatimos resueltamente a nuestros enemigos, la encontraremos igualmente, pero será menos gloriosa, ahogada por el silencio que anida entre las sombras, vulgar y sin honor.

Concluyo aquí. Aunque podría continuar toda la noche, deseo ya que mi emisario parta raudo a tu encuentro y quede a la espera de tu respuesta.

No te prometo obrar de acuerdo con tu consejo, pues no sería consejo, sino orden. Pero sí tenerlo bien en cuenta antes de tomar una decisión definitiva.

Termino con la solemne promesa, que hago ante nuestros dioses, de que en el caso de resultar victorioso no destruiré la República, ni derogaré nuestras leyes, ni acabaré con el Senado y sus representantes. Todo lo contario. Las instituciones serán remozadas con un espíritu nuevo que devuelva la grandeza al corazón de Roma y sirva para acabar con la semilla de corrupción que ahora la envenena.

No demores tu respuesta. Mis enemigos no tardarán en saber dónde me hallo.

CARTA II

Manio Atellus saluda a
su estimado Cayo César:

Demasiado tiempo sin tener noticias tuyas. Lo que sabía de ti lo oí en otras voces, muchas veces lejanas, no siempre claras y veraces. De la marcha de tu vida durante todos estos años me han hablado hasta los que no te conocen; del devenir de tu alma no sabía nada hasta la pasada noche en que leí tu carta.

La llegada del heraldo me sorprendió en medio de la madrugada, con las mechas ya frías en las lucernas y el horizonte sin esperar todavía el alba. Mi sueño hace tiempo que es el de un anciano y escuché despierto, desde la distancia, cómo se acercaba el galope del caballo por el camino de los cipreses que conduce hasta mi morada. Mi edad ya no teme a la muerte y mis enemigos, si alguna vez los tuve, deben ser viejos que olvidan. Tampoco creo en la bondad de unos dioses que se parecen demasiado a los hombres que los adoran. La espera fue por tanto serena, mientras Samio encendía las llamas trémulas y abría la puerta al impaciente mensajero.

Mi buen y fiel Samio, toda una vida a mi lado. Lo conoces, el joven esclavo, ahora liberto por mi mano, que nos acompañaba durante las lecciones. A veces, el recuerdo se presenta inesperado, como el emisario que trajo tu carta: aprendías como ningún otro de mis discípulos, absorbías conocimientos como el agua la tierra seca que acaba dando frutos, con la ambición destellando en tus ojos. Mientras te escribo evoco aquellos días y me parecen ensoñaciones, figuraciones mías, sombras que se materializan borrosas en mi pensamiento.

La presencia de Samio, discreta y reconfortante, es de las pocas que tolero. Te confieso que me he alejado de los hombres, de esos mismos de los que me hablas en tu misiva y a los que intuyo que odias y desprecias por temerlos, aunque nunca reconocerás esa debilidad de tu carácter. Aspiras a derrotarlos, pero solo porque de esa forma te librarás de ellos; ahora reniegas de su compañía, cuando antes buscabas rodearte de su presencia.

Disculpa mi franqueza de hombre desdentado, pero a mis años aprecio la vida en su justa medida. Como sabes, perdí a mis dos hijos en las guerras a las que fueron arrastrados por linajes como el tuyo; mi esposa Livia también murió, consumida por el sufrimiento de la devastadora pena. Ya no puedo admirar la belleza de su rostro, para siempre joven, en el fresco que pintó el talentoso artista griego que llegó de Siracusa. He perdido la vista, el sentido más hermoso con el que se expresa la vida. Donde antes había luz y colores, figuras y formas, ahora hay destellos borrosos bajo un velo tenue de niebla. Aún conservo la memoria, a la que me aferro para sostenerme cada día.

La soledad es buena. Mis libros me acompañan. Necesito poco y Samio cuida de mí como lo haría con un padre. Sus ojos son los míos: guían mis pasos dubitativos y encuentran lo que busco. En su voz escucho lo que escribieron los sabios. A él dicté estas líneas que hablan de nuestro reencuentro, marcado por la distancia que nos separa.

Me pides consejo ante la corriente del río que prohíbe las armas del soldado. Has contemplado tu semblante reflejado en sus aguas turbulentas y la contradicción del sol resplandeciendo en la armadura que protege tu pecho. Necesitas certezas antes de cruzarlo, argumentos que alienten tu desafío, justificar el error que temes cometer con una serena reflexión afectada. Por eso acudes a mí, en busca de una bendición que yo no puedo conceder. Apelas a la imagen del discípulo que se postra ante el que fue su maestro en busca de ayuda, tal vez de perdón. Me alegra que no te hayas olvidado de mí, pero nada puedo hacer.

Haz un sacrificio en el templo de la diosa Fortuna: todo depende de su capricho, pero tal vez sea benévola contigo. Recurre a las oscuras artes aruspicinas de Diviciaco, el nigromante a quien has acudido en otras encrucijadas: puede que su vaticinio te sea favorable. En el peor de los casos, a la hora de decidir actuarás sobre seguro. De esta forma encontrarás alivio a tu congoja.

No te oculto que me sorprende esta duda en ti. No es propia del César que recuerdo, siempre tan decidido y seguro de lo que quería, desde que era un niño. Recuerdo al joven que se lamentaba amargamente porque a su edad Alejandro Magno ya había emprendido la gesta de conquistar un imperio.

Te deseo que disfrutes de la victoria sobre tus enemigos, de la indulgencia que concedas a los derrotados, de los honores que recibas por tus méritos. Por mi parte, estas líneas te susurran *memento mori*.

Adiós.

CARTA III

Cayo César saluda a
su admirado Manio Atellus:

He leído tu última carta con la desesperada ansiedad con la que bebe el sediento, sin darse cuenta de que cuanto más bebe, mayor es su sed.

Bien sabía que tus pérdidas te harían abominar de cualquier derramamiento de sangre, sobre todo entre romanos. No te lo reprocho. También a mí me horroriza ese sacrificio inútil y haría cualquier cosa por evitarlo.

Como ya te decía en mi carta anterior, he fijado condiciones razonables para mantener la paz, limitar mis tropas y mi estatus al mismo nivel y durante el mismo tiempo que Pompeyo para no quedar indefenso frente a él y a sus aliados. En nada he querido superarle, aunque bien saben los dioses que en todo le supero. Él se compara con Alejandro y eso se lo concedo, mas es el adjetivo «Magno» el que le niego, pues nada en él lo es; todo a su alrededor es mediocridad y miseria. Desea el poder para retenerlo; en nada quiere engrandecer a Roma ni mejorar la vida de sus ciudadanos.

Él, en cambio, ha desdeñado todas mis propuestas de paz. No concibe reconocernos como iguales y piensa que al final no me atreveré a cruzar este angosto arroyo que algunos llaman río y plantarle batalla en territorio de Roma; de hacerlo, está convencido de que seré derrotado y muerto a manos de mis conciudadanos enfurecidos.

En todo yerra. Todos conocen mis méritos y gestas, han disfrutado de mis desvelos hacia ellos, del modo en que he ejercido mis magistraturas y las he honrado. A pesar de los intentos de mis enemigos por indagar en mi pasado nada han encontrado que fuera reprobable y han tenido que apelar a las mentiras y los engaños para enlodar mi nombre.

Dices que busco venganza y creo sinceramente que te equivocas: me confundes con mis rivales, pues no me anima ese deseo ni el desquite guía en absoluto mis actos. La mejor prueba de mis intenciones son mis sinceras ofertas de paz. Pero estas se han tomado como muestras de debilidad, y aún de cobardía, como si no fuera yo quien derrotó a Vercingétorix y sus temibles galos. No, no es venganza lo que busco, sino justicia, la justicia que mis hombres y yo merecemos de ser tratados conforme a nuestros méritos, que no se nos persiga con calumnias, que no se oculten nuestros hechos.

Y también por Roma. Por recuperar su antiguo esplendor y la rectitud con la que antaño obraban el Senado y los Magistrados, siempre guiados por el bienestar de la República y del Pueblo Romano y no por sus intereses personales, por su codicia y su ansia desmedida de poder.

Contra todo eso combato. Lo haría con mi voz, en el Senado, si ello fuera posible y pudiera servir de algo, pero sería inútil. Ni tan siquiera llegaría a acercarme a las murallas de Roma. Mucho antes sería asesinado. No, me temo que habrá de ser por la fuerza de las armas con lo que se restaure el honor y la grandeza de Roma. Y aunque como a ti me horrorice la idea de ver una vez más luchando entre sí a hermanos romanos, más me espanta la idea de ver a la República perecer bajo la decadencia que hoy tiene asegurada.

Apelo, pues, maestro y amigo, a que mires dentro de tu corazón con la verdadera vista que aún conservas, que veas a tu discípulo y amigo fiel, y que sepas distinguir la altura de mis motivaciones.

¿Crees acaso que mis enemigos dudarían en cruzar este cauce ante el que ahora me encuentro? ¿Crees que les apena acaso la idea de que hermanos romanos luchen y acaso mueran? ¿Crees que dedicarían un instante a pensar en las consecuencias que sus actos tendrán para la República romana? Sabes bien que no sería así, lo cruzarían mil veces sin dudarlo, sin albergar duda ni remordimiento. Ninguno de los sagrados principios y valores que tú me enseñaste, y que me hacen dudar hoy, aquí y ahora, alienta sus corazones.

No te pido tu bendición, sé que sería tal vez demasiado, pero sí, al menos, que comprendas que no es la ambición de César ni su anhelo de venganza lo que me llevará hoy a cruzar este pobre río, sino mi respeto y deber hacia la grandeza de Roma.

Mi duda, sobre la que pareces recelar, es veraz. En esta hora asumo una gran responsabilidad. Si cruzo este río con mis legiones, se iniciará una guerra y habrá muerte y sufrimiento para muchos ciudadanos romanos; pero si no lo hago será aún peor, pues perecerán nuestras libertades y afrontaremos un destino sin duda oscuro.

Es tu sola comprensión lo que hoy te imploro.

CARTA IV

Manio Atellus saluda a
su estimado Cayo César:

El mensajero llegó esta mañana temprano. Con mano temblorosa tomó la copa de vino de Falerno que le ofrecimos para aplacar su sed del camino. Su mirada reflejaba el miedo del que no se siente a salvo en ningún lugar.

El caballo bebió del abrevadero y comió avena. Dejé a Samio en el establo mientras cepillaba el lomo del animal exhausto. Antes de salir intuí en mi fiel amigo un semblante preocupado. Vislumbra un peligro indefinido y advierto su temor. Ahora escribe a mi dictado, en la agradable estancia que he convertido en mi refugio contra los hombres. El sonido del cálamo deslizándose sobre el pergamino me tonifica, aunque lo que pronuncio expresa mi decepción. Samio copia, concentrado en su labor, y por un momento olvida la inquietud que se apodera de él cuando oye llegar a los heraldos que envías.

Tus palabras rasgan el aire como el tajo del filo de un *gladius*; al leer tus cartas me parece escuchar la violencia de tu voz, contemplar la ira en un rostro crispado. No te reconozco; no encuentro rastro de la oratoria sosegada pero convincente con la que encandilabas a tus compañeros, a tu maestro. ¿Acaso entonces todo era una precoz impostura, un fingimiento calculado para imponer tu voluntad sobre los demás? Pregunto y me entristezco antes de conocer tu respuesta, tejida con desafíos o silencios.

Has pasado demasiado tiempo al lado de tus soldados, a los que dices amar pero que en realidad utilizas para tus fines. No te confundas: te veneran con la lealtad que imponen las órdenes, las recompensas, los crueles castigos. En todos estos años has esparcido demasiada muerte, la guerra ha penetrado en tu sangre, en tus entrañas, hasta los huesos. Su lenguaje letal confunde tu razón, aturde tus sentimientos, embota la reflexión. Crees que ya no tienes miedo y en cambio te domina más que nunca; con el ejercicio de tu intransigencia pretendes ahuyentar cualquier signo que muestre tu flanco desguarnecido.

Ocultas demasiado, de la misma forma que nadie conoce el mal impuro que convulsiona tu cuerpo y te deja postrado hasta que los cuidados de tu inseparable esclavo sin lengua te devuelven a la vida. Algún día alguien cometerá una indiscreción y serás descubierto, exponiéndote al escarnio público. Estoy seguro de que entonces el amanuense a tu servicio escribirá que sufres la enfermedad divina del elegido; la historia dirá a quien quiera oír que fue la manifestación de una maldición invocada por tus propios actos. Cuídate de las miradas indiscretas, de los oídos que acechan en las estancias. Por mi parte, no temas. Mi boca permanecerá sellada.

En otro tiempo tuve fe en las certezas que ahora se derrumban. Has cambiado, estimado Cayo César; o puede que me equivoque y durante todo este tiempo he vivido en un engaño que tú preparaste cuidadosamente. Nunca hasta ahora reparé en tu carácter taimado.

Hablas del bien de Roma como si de ti dependiera. Te apropias de una autoridad que nadie te ha concedido. Demasiados poderosos citan frívolamente el nombre de la ciudad eterna y pugnan por ella como lo harían por los encantos de una bella hispana. Aunque no es una doncella, manosean impúdicamente su historia y grandeza, la fuerzan como a una esclava indefensa a la que hubieran sorprendido lavando junto al Tíber. Tú eres uno de ellos.

Entiendo que no quieras pedir perdón: rechazas el reconocimiento de tus propias culpas y la humildad ante la manifestación sombría de tus defectos. Pero debes avergonzarte si quieres convertirte en ese gran hombre al que aspiras ser un día. No mancilles a Roma de ese modo. Respétala y contribuirás a engrandecerla. Lo que simboliza está muy por encima de sus gobernantes, de aquellos que se atribuyen su representación ante un pueblo que en realidad es una muchedumbre voluble que aclamará a quien pague los mejores juegos. Roma está muy por encima de todos ellos, del pan y circo que vociferan ante la plebe, y permanecerá cuando de ellos solo queden unos huesos en tumbas que ya nadie recuerde.

Si realmente tienes el valor suficiente, si antepones la gloria de Roma por encima de la tuya, cruza ese regato de agua y preséntate ante el Senado, solo y desarmado, sin hombres que cubran tus espaldas. Alza entonces la voz del justo, del desprendido que no desea nada para él, firme y poderosa en medio de los gritos de los necios que quieran acallarla; denuncia ante ellos su propia ambición desmedida, la corrupción que inspira su gobierno, los crímenes perpetrados por sus sicarios mientras ellos se lavan las manos. No caigas en la tentación de dejarte llevar por la ira: extingue las ascuas de tu corazón y mantén viva la llama del juicio razonado que siempre ilumina a los hombres sabios.

Poco más puedo añadir. El mensajero debe partir con esta carta que consigna peligrosas confidencias. Estoy seguro de que el joven y valeroso legionario que la lleva consigo dará su vida antes que dejar que se la arrebaten. Pero los caminos son peligrosos y los enemigos acechan. Los tuyos no se detendrán ante nada: puede que vigilen mi casa y he advertido a Samio ante la presencia de desconocidos merodeadores. Sé precavido en todos tus pasos.

Adiós.

CARTA V

Cayo César saluda a
su admirado Manio Atellus:

Mi querido maestro. Mucho me aflige el contenido de tu última carta. Después de leerla, he
llamado al soldado que hace de emisario para
cerciorarme de que realmente te la hubiera entregado a ti y no a otra persona que apenas me cono-
ciera.

Me acusas de haber cambiado, cuando fuiste
tú quien me aconsejó siempre que no dejara de
aprender. ¿Y no es el aprendizaje, la experiencia,
lo que nos hace cambiar? ¿Cómo iba a ser yo el
mismo que conociste hace ya tantos años? ¿Cómo
iba a serlo después de todo lo vivido, tras poner
mi vida en riesgo tantas veces, tras ser vilipen-
diado, públicamente y en privado, de la manera

más injusta, por quienes un día consideré mis amigos? Tienes razón, he cambiado. ¿Cómo no habría de cambiar? ¿No es menos cierto que tú también has cambiado después de las tristes desdichas que te han acontecido? ¿No está en la más profunda naturaleza del hombre que su cuerpo y su alma cambien a medida que va alcanzando el invierno de su existencia?

No soy el muchacho ingenuo que fui y que, llevado por tus consejos, pudo cruzar este humilde río para, como sugieres, entregarme solo y desarmado a mis enemigos. Ese muchacho fue el que un día fue preso por los piratas...y ya sabes cómo terminaron. La venganza nunca impulsó mis actos, como no los guía ahora. Se trató, y en este caso también, de hacer justicia.

No fue tampoco ese muchacho quien sometió la rebelión de las Galias, ¿cómo iba a serlo?, ni lo es quien ha llegado ante este cauce frente al que ahora dudo; y no puedes esperar que aún lo sea.

No es tampoco ese muchacho quien Roma necesita en esta hora oscura. Nuestra libertad está amenazada y no precisa del ingenuo sacrificio de un aprendiz de filósofo o el de un orador, sino la acción decidida de un general al mando de sus hombres que pueda restaurar el imperio de la ley y el respeto a nuestras instituciones que hoy se ha perdido. No, Roma no precisa de mi muerte estéril a manos de mis enemigos, como sucederá, inexorablemente, de acceder yo a lo que me pides.

Roma está en manos de una tiranía corrupta y no podrá librarse de ella con el solo recurso a la oratoria en el Senado. Ya es demasiado tarde para eso, el mal ha arraigado demasiado. Hablas de mi *gladius* y es cierto que lo empuño y que estoy dispuesto a utilizarlo, pero no como instrumento al servicio de mi ambición y de mi ira, como me reprochas, sino una vez al servicio de Roma y de su pueblo.

Me reprochas que actúe en nombre de Roma y procurando su bien cuando nadie me ha concedido autoridad para hacerlo. Puede que tengas razón. Nadie me la ha dado. Pero no es menos cierto que, de no hacerlo yo, no lo hará nadie. No puede esperarse que Roma alce su voz contra la tiranía porque su voz ha sido silenciada por el manto de corrupción que ha caído sobre ella. ¿Quién hablará por Roma en esta hora si yo callo?

Haces bien en ser prudente ante mis enemigos, y en sospechar que te vigilan. Es muy probable que así sea. Sé bien que en estos últimos meses he estado rodeado de espías y aún de asesinos a sueldo de mis enemigos. Puedo ofrecerte algunos hombres que guarden tu casa y te protejan, aunque quizá su presencia pueda atraerte la atención de mis enemigos si es que no han reparado en la importancia que tienes para mí o en el interés que podría tener para ellos la correspondencia que intercambiamos.

Me temo que no puedo actuar conforme a tus recomendaciones. No cruzaré este humilde cauce sin mis hombres ni sin portar mi *gladius*. Mi duda no contempla esa alternativa. Me debato entre permanecer junto a ellos a este lado del cauce, bajo su protección y cálida amistad y compañía, o si afrontar junto a ellos lo que el destino quiera depararnos. Esa es la única duda que late en mi corazón y para la que te pido consejo.

Una última palabra sobre mis hombres. Es cierto que en estos años les he premiado y les he castigado. Con generosidad y con dureza cuando la ocasión lo ha requerido. Pero eso no ha hecho más que acrecentar su afecto, pues saben bien que cuando lo hice buscaba templar su carácter y mejorarles como soldados. El premio y el castigo fueron siempre justos y trataron de consolidar la buena conducta y estimular que las malas costumbres no se consolidasen o empeoraran. Habrás oído decir de mí que soy generoso y también severo, seguramente las dos cosas, lo que no habrás oído decir de mí es que soy injusto, porque no lo he sido.

Cuento con la lealtad y el sincero afecto de mis hombres porque todo lo he sufrido junto a ellos, porque he pasado hambre junto a ellos y también junto a ellos he bebido agua turbia y comido carne putrefacta cuando no hemos tenido más remedio. Mis hombres me son fieles porque nunca les he traicionado, porque nunca se ha revelado incierto lo que les he prometido y porque juntos hemos alcanzado la victoria, entrando para siempre en la historia de Roma. Gracias a mí tienen una historia gloriosa que contar a sus mayores y a sus hijos, gracias a mí pueden sentirse orgullosos de pertenecer a una legión romana.

En prueba de lo anterior, mi próximo mensaje lo llevarán dos soldados. Uno de ellos te lo entregará, hablará a solas contigo y después podrá licenciarse para volver a su casa. El otro, que no escuchará lo que te diga, me traerá tu mensaje. Sabrás por ese soldado ya licenciado cuál es realmente su opinión de César y comprobarás, por este medio, que no te miento ni me engaño.

Nada más por hoy. Parta raudo mi mensaje. Sé tú también precavido y agradece en mi nombre a Samio sus constantes cuidados. Algún día podré recompensarlos.

No demores tu respuesta.

CARTA VI

Manio Atellus saluda a
su estimado Cayo César:

Kaeso ha llegado acompañado por Titus, tu fiel heraldo. Nos hemos acostumbrado a estas visitas, que han dejado de ser inesperadas. Al amanecer, Samio otea el camino que conduce a mi humilde *domus*; su mirada escrutadora busca una tenue vaharada de polvo que delate el galope de los caballos al aproximarse. Inquieto y alerta, también quiere prevenirme de presencias no deseadas. No creo que tema por su vida, pero desea salvaguardar la mía, interés que agradezco pero que considero inútil. Con la vista puesta en el papiro que ahora lees, no se atreve a contradecirme mientras transcribe el dictado de mis palabras, que también le hablan a él.

No debería hacerte perder el tiempo con estas anécdotas domésticas. Debes ser comprensivo con un viejo que ha perdido la costumbre de conversar, aunque sea por carta, de asuntos que te pueden resultar intrascendentes para el asunto que tratamos. De la misma forma, tampoco debes hacer mucho caso a lo que dice un hombre que hace mucho tiempo decidió apartarse del mundo, huir lejos de Roma y sus miserias humanas, renunciar a la gloria que ambicionaba su mejor discípulo.

No he dudado de tus palabras, estimado Cayo César; la mentira nunca estuvo entre tus defectos; tampoco compartes la hipocresía de la que hacen gala los optimates que con su poder corrupto influyen en las decisiones del Senado. Tu integridad está muy por encima de las debilidades de los necios. Sin embargo, debes cuidarte del fuego que crepita en tu pecho, de la vehemencia que guía cada uno de tus pasos: de la misma forma que pueden inspirar tus metas, también pueden conducirte por el camino equivocado y alejarte de tus propósitos hasta caer en el fango de los vicios ajenos. Debes sopesar, por tanto, cada una de tus decisiones: de ellas depende la supervivencia de Roma, la inmortalidad de su legado. Y aunque sean los mismos, nunca confundas tus anhelos con los de una ciudad a la que le debes todo lo que eres.

Invité a pasar a Kaeso, que siguió mi andar vacilante unos pasos por detrás. Su caminar es recio y le delata como soldado acostumbrado a hollar campos de batalla. En la estancia se quedó de pie junto a la entrada, como si estuviera esperando recibir órdenes. Le tuve que insistir varias veces hasta que conseguí que se sentase a mi lado para que me hablase de tus gestas. Su potente voz de centurión concedía fuerza al relato de los hechos y, aunque no podía verlo, imaginé su rostro surcado por cicatrices que ilustraban la historia que narraba.

Me contó que bajo el estandarte del toro de la *Legio X* se forjó como soldado sirviendo a tu lado, desde Hispania hasta cruzar el Rin, allí donde los bárbaros se refugian en oscuros bosques para lanzarse como rugientes manadas de fieras sobre las cohortes desprevenidas. En las Galias asistió a la rendición de Vercingétorix en Alesia, postrado ante tu silla curul. A bordo de un trirreme que surcaba el mar proceloso rumbo a Britania, contempló tu rostro adusto, esculpido por el viento, mientras oteabas el horizonte oscuro de esas tierras indómitas ante la llegada de la civilización. Al desembarcar en la inhóspita playa rodeada de enemigos, tu estampa impertérrita ante la adversidad, la firmeza emanada de tus órdenes, insuflaron ánimos y coraje a los legionarios agrupados bajo el estandarte del águila del *aquilifer* para resistir en la arena las acometidas de los britanos.

Sus manos desolladas ayudaron a construir las defensas fronterizas del *Limes Germanicus* y con el agua hasta el cuello clavaron los travesaños de los pilares del puente que te dio fama y enmudeció al mundo conocido; con la voz entrecortada me contó cómo se aferró al brazo salvador que le tendiste cuando era arrastrado por la procelosa corriente del río que nos separa de las hordas de tribus bárbaras; sus ojos vidriosos se iluminaron al describir el consuelo que diste al herido que exhaló su último aliento en tus brazos; la emoción brotó de sus labios trémulos al dar fe de cómo tu sagacidad y coraje derrotaron al enemigo en la batalla.

Cada combate, cada ascenso, dejó una cicatriz, grabó una muesca en su piel curtida por el sol, aterida por el frío, herida por el tajo. Por ti, estimado Cayo César, tus legionarios han sufrido y enfermado; han luchado y asesinado. Tenías razón: te aman por lo que eres y reconocen en ti al líder que puede engrandecer la gloria de Roma.

Kaeso es un gran soldado, pero después de veinticinco años de servicio le ha llegado el momento de licenciarse. Su congoja se transmitía en medio de sus silencios, con el mal trago de las lágrimas secas clavadas en su garganta. Samio fue testigo de cómo su puño apretaba el documento que lo arroja a la vida civil, el diploma de bronce que certificaba su ciudadanía y que mostró ante mis ojos; fue entonces cuando, avergonzado, se dio cuenta de mi ceguera. Siempre será un centurión de Roma, aun cubierto con el harapiento *sagum* que le abriga desde los lejanos días que sirvió en Hispania. Y lo que es peor para él, lamenta separarse de ti en un momento del que se hablará en los siglos venideros. Necesitarás a muchos como él para conseguir lo que pretendes, pero nunca traiciones la lealtad que te ofrece su desprendida voluntad. Que ese sea el principio que guíe cada uno de tus actos; no lo traiciones con el deseo de obtener riquezas con las que saldar las deudas que han impulsado tu carrera política.

Hemos hablado durante horas, hasta que no ha podido demorar más su partida. He agradecido la deferencia de su visita, la compañía grata de su conversación sincera. Kaeso ha golpeado su pecho cuando he salido a despedirle. Titus partió en la dirección acostumbrada portando esta carta que ahora lees. Hay que ser discretos. No malgastes hombres en velar por mi vida.

Adiós.

CARTA VII

Cayo César saluda a
su admirado Manio Atellus:

Cuánto me ha complacido, querido maestro, la lectura de tu última carta que Titus trajo a mí tan rápidamente como le fue posible. Tan grande ha sido mi alegría que no he podido evitar leerla varias veces mientras imaginaba que escuchaba tu voz pronunciando las medidas frases, para revivir la felicidad de la primera lectura, encontrando, con sorpresa, que esa satisfacción crecía en cada ocasión con el descubrimiento de un nuevo matiz.

No recordaba el episodio del río al que te refieres, ni menos aún que fuera Kaeso su protagonista. Ahora me alegro doblemente de haber estado allí y de haberle salvado tan providencialmente la vida, no solo por el hecho en sí, siendo este lo más importante sin duda, sino también por haber obrado el milagro de que pudieras ver la veracidad de cuanto había afirmado en mis cartas anteriores.

No le concedo, sin embargo, mayor mérito a mi acción. Si no hubiera estado yo allí, otro le hubiera socorrido, como Kaeso acudió tantas veces en ayuda de otros, incluido el propio César, que tantas veces debió su vida a la generosidad y al valor de sus hombres que le socorrieron en mil ocasiones aun a costa de arriesgar, e incluso perder, su propia vida. Nos hemos socorrido y protegido como hermanos, pues como tales nos sentíamos en tierras tan hostiles, rodeados de gentes que solo deseaban nuestra destrucción y borrar cualquier vestigio de la presencia de Roma.

Espero que Kaeso haya continuado su camino y que no tenga un mal encuentro con mis enemigos, que tal vez pudieran estar interesados en saber a través de él cuáles son mis intenciones. Conociéndole como le conozco, bien sé que moriría antes de traicionarme y es precisamente eso lo que más temo.

Estoy en deuda con él y con todos los hombres que han estado bajo mi mando; lo estaría incluso si decidieran no acompañarme en los riesgos de esta hora. No guardes, pues, ningún temor sobre mi lealtad hacia ellos. Será total, completa y eterna. Nunca les traicionaré ni tampoco al ideal de Roma y su grandeza que todos compartimos, del mismo modo que tampoco traicionaré a la propia Roma y a sus instituciones. Solo haré lo necesario para protegerlas de quien las ha corrompido hasta límites inimaginables.

A pesar de todo ello, y del mal que han hecho y que me han hecho, no considero a Pompeyo y a sus aliados como mis enemigos. Antes al contrario, nada alegraría más mi corazón que recibir de ellos un mensaje aceptando los términos que les propongo para alcanzar un acuerdo que evite todo derramamiento de sangre. Una alianza entre iguales es lo que propongo y espero, aunque no tenga ninguna esperanza en conseguirla.

Ningún mal les deseo y te prometo solemnemente, invocando a nuestros dioses y a mis lares, que ningún daño le causaré si está en mi mano evitarlo. En ningún caso daré muerte a Pompeyo si resulto vencedor en la batalla en que nos enfrentemos; tampoco ordenaré ni consentiré que otros lo hagan. Bien distinta sería mi suerte si las tornas se volviesen al contrario, pero no me educaste para imitar a mis rivales, sino para seguir mi propio camino. Mi oponente solo debe temer la mala fortuna del soldado en el combate, representada por el azar de una flecha, la piedra de una honda o un *pilum* arrojado contra las filas enemigas sin adivinar su exacto destinatario. También yo estaré expuesto a esa misma suerte.

No es solo fidelidad a tus lecciones y a los principios y valores de Roma, sino también sentido práctico. Bien sé que, de resultar finalmente vencedor en esta confrontación que se adivina, mayor será el número de mis aliados, y más largo el período de paz con mis enemigos cuanta mayor sea mi generosidad con los vencidos.

La mejor prueba de cuanto te digo es que no he cesado en mi intento de lograr un acuerdo con mis rivales. He enviado cartas a varios senadores notables, en cuya buena fe confío, implorando su ayuda para alcanzar una solución que evite el combate que parece aproximarse. Una de esas cartas la he dirigido a Cicerón, defensor de la República frente a la conspiración catilinaria, a quien tan bien conoces. Sé bien que no es mi amigo, y aún que desconfía abiertamente de mí y de lo que represento. No obstante, he apelado a él para que me ayude a persuadir a Pompeyo y a sus aliados de la necesidad de alcanzar un acuerdo que nos proporcione a ambos la seguridad que los dos precisamos. He quedado a la espera de su respuesta, del mismo modo que quedo ahora a la espera de la tuya. Tú que conoces bien a Cicerón, ¿qué crees que debo esperar de él?

Concluyo lamentado tu negativa a que te proporcione la protección de algunos de mis hombres. Conociéndote no me extraña y creo entender bien los motivos. Por otra parte, mis enemigos son numerosos y tienen ojos y oídos en todas partes, con lo que tal vez lo más seguro para ti sea no aparecer protegido por mis legionarios. Si la suerte me fuera finalmente adversa, temo compartirla contigo, algo que no deseo ni me perdonaría.

Por favor, no demores tu respuesta.

CARTA VIII

Manio Atellus saluda a
su estimado Cayo César:

Esta mañana ha llegado tu heraldo después de cabalgar durante toda la noche. Me ha sorprendido no encontrarme con Titus: para traer tu última carta has recurrido a un *beneficiarius* de voz áspera acostumbrado a ser rudo con todo el mundo. Se la ha dado a Samio receloso, como si temiera entregarla a un destinatario equivocado y dañino. ¿Desconfías de lo que tus mensajeros pueden encontrar en los caminos que conducen a Roma? ¿Recurres a los que usan gratuitamente la violencia para transmitir las reflexiones y dudas que compartes conmigo?

Disculpa el retraso en escribir mi respuesta. En los últimos días he sufrido achaques de viejo que me han obligado a permanecer postrado. Los cuidados de Samio han hecho todo lo posible por restablecer mi salud maltrecha; sus remedios tradicionales me hacen bien, aunque poco debo esperar ya. Mi vida ha sido demasiado larga y percibo cómo se apaga con cada día que pasa; mi cuerpo se ha convertido en una pesada losa que ya no puedo sostener. De la misma forma, intuyo que Morta se dispone a cortar el delgado hilo que me ata a este mundo.

Durante estos días el imperturbable mensajero ha permanecido alojado en mi *domus*, esperando impaciente una respuesta. En este tiempo apenas ha hablado conmigo, ni siquiera para decir su nombre, encerrado en unos pensamientos que me han parecido sombríamente ensimismados. Mejorado de mis dolencias, ayer por la tarde conseguí levantarme del lecho sin ayuda. Mis pasos dubitativos me llevaron hasta el patio en busca de un poco de cielo y brisa vespertina. Fue entonces cuando descubrí al *beneficiarius* conversando con Samio en voz baja; los dos callaron al descubrir mi presencia inesperada.

En la intimidad de mi estancia pregunté a Samio sobre el contenido de aquel reservado diálogo y me respondió con evasivas. No le creí y, por un momento, después de tantos años a mi lado, sentí que me ocultaba algo. Su extraña reacción me llevó a recurrir a otra persona, a la que hice llamar a mi lado sin que Samio lo supiera, para que escribiera estas líneas. Pero en esta casa nada escapa de su conocimiento y se hará preguntas. Tal vez envíe otros mensajes a mis espaldas. Si es así, ¿en quién puedo confiar?

De pronto, tengo la sensación de que todo se derrumba a mi alrededor. La lealtad inquebrantable, la verdad, la amistad desinteresada, la generosidad y la coherencia, pilares que parecían firmes y sobre los que se asentó mi existencia, se han revelado frágiles y ruinosos de la noche a la mañana. Ante la amenaza de un inminente derrumbe lo veo todo mucho más claro; tras el duro golpe de la decepción comprendo que el hombre nunca aprende ni adquiere la experiencia necesaria para andar sobre seguro. Siempre, hasta el final de sus días, camina por la cuerda floja del acróbata que divierte a los que nunca pierden. Lo mejor sería no conocer la verdad. O mejor aún, hacer como que no me doy cuenta de nada.

Conozco bien a Cicerón y he de decir que hubiera preferido no hacerlo. Me preguntas sobre aquello que puedes esperar de él y tu ingenuidad me devuelve al lejano tiempo de tu juventud, cuando eras mi alumno y fuiste descubriendo por ti mismo la sordidez que engalana la naturaleza humana. No sé si sorprenderme o creerte. En todo caso te diré que bajo su toga de salvador del Estado esconde una vanidad sin límites, sometida al dictado de su orgullosa ambición. Denuncia los vicios de los líderes, la crueldad de los generales, las debilidades de los poderosos, como si él representase la encarnación de los más altos valores de la República. Se sirve hábilmente de la retórica de su oratoria para conmover o persuadir; en su mano, el cálamo se convierte en un arma de doble filo que acaba con las carreras políticas de aquellos que no le adulan servilmente; los que le alaban saben que serán recompensados.

¿Cómo es posible que nadie descubra su verdadero rostro, sus inclinaciones mezquinas? Sus amigos poderosos, que le deben tantos favores, son agradecidos y no dudarán en utilizar el poder del Estado, dócil a sus deseos, para favorecer los intereses que les son comunes, en acallar al que eleve la voz por encima de los silencios cómplices, en desenvainar el *gladius* en su defensa. Por eso, nadie hasta ahora se ha atrevido a desenmascararle.

Las palabras en boca de Cicerón suenan elevadas, como la grandiosidad de Roma. Son hermosas, dignas de pasar a la posteridad. Pero por debajo de la apariencia solemne de los mensajes corre el desagüe que arrastra la inmundicia que va a parar a las cloacas de la ciudad eterna.

Son discursos vanos, de cara a la galería en la que busca la aprobación elogiosa, lo único que le importa. A pesar de las apariencias, Cicerón no desea que las cosas cambien; las conspiraciones, las luchas intestinas, las rivalidades políticas son su alimento. Sin ellas no sería nadie y él es el primero que desea que todo continúe igual para satisfacer su arrogante posición de hombre de Estado. El pueblo de Roma y sus instituciones le traen sin cuidado, a no ser que le sean útiles para ese fin. La erradicación de los vicios que denuncia es una utopía que acabaría con él. Mientras tanto, disfruta de la fama que acapara.

Cicerón representa todo aquello que me llevó a apartarme de Roma y sus instituciones. La justicia que defiende es la que favorece a los privilegiados; sus denuncias atacan a los que sabe que son débiles o no tienen los apoyos suficientes para hacerle frente; con los que ostentan el mando se muestra adulador y respetuoso.

Todo el mundo cita las *Catilinarias* de Cicerón como obra magistral del uso de la elocuencia en defensa del Estado. Sí, con ellas se enfrentó a Catilina con enardecido valor, pero actuó sobre seguro y supo manipular al Senado para que suspendiera la aplicación de las leyes y le concediera plenos poderes para convertirse así en un dictador encubierto con la excusa de defender la libertad y salvar a la República. Si no fue más allá es porque no le interesaba ejercer un mandato que podía desgastarle y arruinar su reputación.

La conspiración de Catilina fue la excusa que necesitaba para ver hasta dónde podía llegar la autoridad que le habían concedido sus influencias. Debió sentirse entonces muy poderoso, al satisfacer así su orgullo sin importarle las vidas que costó esa mezquina complacencia. Tiempo después eludió la responsabilidad contraída una vez hubo destruido a aquellos que en esa ocasión podían haberle hecho sombra, no a los que habían puesto en peligro al Estado. Muchos afirman que es un valiente; se equivocan, tan solo es un hombre dominado por una pedantería que le impide temer nada. Todos fuimos engañados por su discurso, aunque la ceguera no nos exime de nuestro exceso de confianza, por otra parte defecto muy humano.

Siempre le ha gustado presentarse a sí mismo como un adalid de la República, cuando en realidad ha sabido actuar adaptándose a los cambios políticos. Ante las críticas, la corte de aduladores encargada de ensalzar sus méritos le ha defendido afirmando que sus veleidades se han debido a su carácter impresionable. Dicen y escriben que, en su caso, la prudencia y la moderación están sometidas a los vaivenes de la adversidad.

De nuevo el uso hábil del disfraz con el que sus amigos le visten.

Recuerdo uno de esos días en los que coincidí con él en el Senado. Rodeado de admiradores, con voz engolada se escuchaba a sí mismo decir que le gustaría retirarse de la vida pública, abandonar la política definitivamente, para dedicarse a escribir con la perspectiva que ofrece la distancia. A pesar de mi aparente madurez, por aquel entonces era uno de sus fervientes seguidores que bebía cada una de sus palabras, un creyente de su mensaje. Ahora, no merece la pena arrepentirse de los errores del pasado. Por mucho que Cicerón lo repita, nunca abandonará el juego del poder. Es su vida.

Si finalmente cruzas el Rubicón, estimado César, ten en cuenta que Cicerón no tomará partido claramente con tal de mantener su posición de preeminencia. Apoyará a la causa de Pompeyo, pero no romperá los vínculos contigo para asegurarse su supervivencia. Llegado el momento, respaldará al bando que salga triunfador en la disputa. Si eres tú el que te impones, ten presente que si le eclipsas o le contradices, te combatirá por todos los medios. ¿O es que ya has olvidado cuando se opuso al triunvirato que formaste con Pompeyo y Craso? ¿Acaso prevalece en ti la ayuda que te prestó a la hora de ampliar tu cargo de procónsul en la Galia?

César, no te confíes al tratar con Cicerón. Emplea toda tu astucia para servirte de él. Si no lo haces así, acabará contigo.

Con independencia del ganador en esta confrontación, estoy convencido de que si la vida me concede un poco más de tiempo, asistiré al final de la República. No sé lo que vendrá después, pero he de decirte que poco me importa, que nada haré por defender lo que Roma deje atrás ni respaldaré al régimen que venga después. Si buscas eso en mí, en el maestro que te dio algunas lecciones de vida, debo decirte que esa persona ya no existe; allí donde había un idealista que aún confiaba en la integridad de los principios, ahora hay un viejo desencantado que solo espera la muerte. Tienes que tenerlo claro.

Antes de despedirme, debo confesarte que mis certezas se tambalean. Mi ánimo apesadumbrado te hace una pregunta.

¿En quién debo confiar, César?

Adiós.

CARTA IX

Cayo César saluda a
su admirado Manio Atellus:

Mi muy querido amigo y admirado maestro. Respondo, de inmediato, a la última pregunta de tu carta: puedes confiar en César, a quien bien conoces, y en su amor a Roma, a la República y a ti.

En cuanto a Cicerón, comparto tus reflexiones y tu prevención. Le conozco bien y sé de su astucia y de las artimañas que utiliza. Nunca he confiado en él ni lo haré ahora, pero necesito no contarle entre mis enemigos, al menos entre los que puedan posicionarse de forma más clara. A pesar de lo que dices, en lo que no podría estar más de acuerdo, mantiene inalterado su prestigio y son muchos los que prestan sus oídos a sus palabras, así que no puedo permitirme el lujo de una enemistad abierta. Al menos, no en este momento.

Mis mensajeros también han portado cartas para él. Muy distintas, puedes suponerlo, de estas que te envío a ti, tanto por el contenido como por el afecto con el que están escritas, pero necesarias, al fin y al cabo, para hacerle surgir, al menos, la duda a la hora de decantarse por un bando. Sé bien que prejuzga a Pompeyo como favorito en la contienda que se avecina entre nosotros, pero debo generar en él la incertidumbre, la prevención recelosa, que le impida tomar partido de forma clara antes de convencer a otros.

Un mensaje discreto de apoyo a Pompeyo no me dañará. De hecho, me resulta indiferente. Tampoco le servirá de nada frente a él, pues Pompeyo exige sumisa lealtad absoluta, condición que la vanidad de Cicerón, como recuerdas, no concede a nadie.

Permaneceré pues, como bien me aconsejas, alerta y prevenido. Hace tiempo que dejé de ser el muchacho impetuoso que seguía atento tus lecciones. La vida, con sus traiciones, me ha vuelto receloso, incluso de mis amigos; es más, te diría que a estos últimos los considero especialmente sospechosos. Están más cerca y son, por tanto, más peligrosos. Nada puede darse por supuesto. La confianza ciega es una actitud que alguien en mi posición no puede permitirse: me debilitaría antes de conducirme al desastre.

Nada temas de mi nuevo emisario. Marco me sirve desde hace años y ha probado su lealtad en mil ocasiones. Tampoco receles de sus conversaciones con Samio; está entrenado para indagar en el corazón de los hombres y le he pedido que se asegure de la fidelidad de tu criado. La posición del liberto por tu mano, por lo que conoce, nos coloca a los dos en una posición insegura y no puedo permitirme correr ningún riesgo. No quiero, bajo ningún concepto, que esta correspondencia pueda ser desvelada.

No te niego que Marco tiene otras habilidades. Aunque siempre ha destacado como valeroso soldado, no es en el campo de batalla donde muestra su mejor talento. En el combate permanece siempre a mi lado, atento a los peligros que puedan presentarse, y ante cualquier amenaza sé bien que estará allí para protegerme.

Marco no utiliza la espada: no se fía de ella en las distancias cortas en las que sabe moverse felinamente. En esos casos prefiere sus afilados cuchillos. El asesino entrenado sabe cómo acercarse a su víctima sin ser advertido para asegurarse el golpe, la puñalada. Marco nunca duda a la hora de ejecutar mis instrucciones y tampoco yerra. En su cometido no hay lugar para la vacilación ni para la clemencia, solo obediencia. Hará lo que yo le ordene, ni más ni menos. En este sentido, puedes sentirte seguro a su lado, pues va a hacer lo necesario para protegerte. No te oculto que tenía instrucciones de acabar con la vida de Samio si hubiera descubierto que era una amenaza para nosotros. Pero no ha sido así al confirmar la lealtad que el liberto te profesa. A partir de ahora, puedo asegurártelo, Samio nos será fiel a los dos sin peligro de que ambas lealtades entren en contradicción. Para mí su fidelidad y su silencio serán muy necesarios.

Mis mensajes a Pompeyo siguen siendo inútiles. No cede en sus posiciones y sus partidarios interpretan cada uno de ellos como una señal de debilidad. Como mi espera en este lugar, junto al curso del Rubicón, sin decidirme a cruzarlo. El tono de sus apelaciones públicas es cada vez más agresivo. Quieren enemistar contra mí al pueblo de Roma, hacer que me odien con sus mentiras deleznables.

Empiezo a temer que mi lealtad a Roma, mi cuidado en no dañar la República, pueda terminar por perjudicar irremediablemente mi causa. Creo que el tiempo de la duda y de la reflexión ya ha pasado. Las palabras tienen su momento y las armas el suyo, y yo he aprendido bien a saber cuándo es necesaria la oratoria y cuándo hay que callar para abrir la puerta al silencio que precede a la batalla y a la muerte. Insistir en las palabras cuando ha llegado la hora de dejar hablar a las armas puede o no ser debilidad, pero es seguro que no fortalece tu posición.

Mucho me temo que, aunque la espera pueda demorarse algo más, la suerte ya esté realmente echada. No veo ya otra alternativa que cruzar este humilde río y enfrentarme a mis enemigos y a mi destino. Saber que lo hago contando con tu lealtad y apoyo me proporciona un gran bienestar. Nadie como tú es garantía de la continuidad de los verdaderos valores de la República romana a la que yo he jurado respetar y proteger siempre.

Los preparativos han avanzado mucho en estos días. Ya he concentrado aquí a todos los hombres disponibles. Las máquinas de guerra y los pertrechos están dispuestos para la marcha y las aldeas galas cercanas nos han proporcionado, no siempre de buen grado, las vituallas necesarias para el camino.

Mis hombres están impacientes, hasta los caballos notan la inminencia de la partida, y quizá también de la batalla. Y yo, te confieso, empiezo a estarlo también, después de estas largas jornadas de espera inútil. No es, amigo mío, propio de mi naturaleza aguardar aquí los acontecimientos cuando está en mi mano guiar la mano de los dioses.

Todo está dispuesto, pues. Nuestra hora se acerca. Roma recuperará al fin su gloria.

CARTA X

Mi señor, ¡saludos!:

He cumplido con la misión encomendada. Lamento decir que tus sospechas eran fundadas.

Fue cauto, pero le seguí tomando todas las precauciones para no ser descubierto. Como temías, no fue a encontrarse con su esposa e hijos en el villorrio donde todavía le esperan. Para llegar a Roma su caballo tomó senderos apartados de las transitadas calzadas. Tenía prisa y apenas descansó para poder cabalgar al amparo de las sombras de la noche. Tampoco encendió fuego para calentarse.

En las calles resultó difícil seguir sus pasos. Confundido entre la multitud se detuvo en cada esquina, ante los puestos de los vendedores o para leer las pintadas en las paredes; disimulaba de esa forma para asegurarse de que nadie iba tras sus pasos. Oculta bajo el raído *sagum* hispano con el que a veces esconde su rostro, su mano empuñaba el *gladius* dispuesto a desenvainarlo ante cualquier señal de peligro.

Después de dar un amplio rodeo recorrió el Clivus Suburanus esquivando a los carros que lo transitaban y serpenteó por estrechos callejones hasta llegar a una destartalada casa en el barrio de Sambucus. Durante mi tortuosa persecución más de una vez estuve a punto de perderle, pero mi andar ágil, la agudeza de mi vista y mi convincente disfraz me ayudaron a pasar desapercibido. Desde mi escondite pude ver como llamaba a la puerta con una señal convenida. Alguien le franqueó el paso y entró como si hubiera sido engullido por la boca oscura de un monstruo.

Agazapado, esperé paciente a que saliera. A la duodécima hora la puerta volvió a abrirse y apareció con una leve sonrisa dibujada en su rostro, semejante a una de sus cicatrices. No me resultó difícil identificar a los dos hombres que le acompañaban: Aulio y Oppius, agentes de Lucio Domicio, uno de los lugartenientes de Pompeyo, se mostraron más circunspectos. Sin cruzar palabra, cada uno siguió caminos separados, como si no se conocieran, perdiéndose en el laberinto de callejuelas.

La verdad, que ahora te transmito, nos fue así revelada.

Ufano en sus pensamientos, pasó muy cerca de donde yo me encontraba sin darse cuenta de mi presencia. Estaba tan jubiloso que olvidó ser precavido. Detuvo entonces sus pasos y creyéndose a salvo de miradas indiscretas, su mano derecha, la que tantas veces empuñó el *gladius* en defensa de Roma, sacó una bolsa que sopesó entre sus dedos. Siempre hay ojos que observan y mi buen oído captó con claridad el tintineo de las monedas con las que pagaron su traición.

Ya sabía lo que quería, amado César, y me dispuse entonces a terminar mi misión.

Despreocupado como un centinela indolente, dirigió sus pasos de regreso hacia Subura. Allí visitó el prostíbulo de la fogosa Drauca, conocida por todos. Cuando salió, su bolsa pesaba menos. Después apostó a las tabas en una taberna: bebió y perdió.

Era ya noche cerrada cuando llegó a los límites de la ciudad. La luz de las lucernas y las antorchas dibujaban sombras grotescas en las facciones de su rostro. Había perdido la sonrisa y se mostraba taciturno, como si le dominasen sombríos pensamientos, tal vez avivados por la contrición o un funesto presentimiento. Nunca lo sabremos.

Pagó generosamente al muchacho que cuidó

de su caballo en el establo y partió sosteniéndose a duras penas sobre su montura. Esta vez no me resultó difícil seguirle. Cabalgaba con la barbilla hundida en el pecho, somnoliento y confiado. Por un momento tuve la sensación de que sabía que iba tras sus huellas y estuviera reduciendo el ritmo de su marcha para esperarme.

Sacudí esa idea de mi cabeza y caí sobre él sin darle tiempo a comprender qué estaba pasando. Hundí mi *pugio* en su garganta con certera puñalada. Su expresión de sorpresa dio paso a un rictus de terror mientras se le escapaba la vida a borbotones. No puedo saber si su mirada desorbitada tuvo tiempo de reconocerme.

Había que poner fin a su agonía y hundí la afilada hoja en su pecho. De sus labios balbucientes no salió palabra alguna mientras los estertores de la muerte se ahogaban en un instante. Me limpié con su *sagum* la sangre que me había salpicado y a la luz de la luna la capa pareció recobrar el color perdido. Después escondí su cuerpo y espanté al caballo.

Se cumplieron tus órdenes, amado César. Así murió Kaeso, el centurión ingrato que traicionó a mi señor. Recogí las monedas que cayeron de su bolsa, que te entrego junto a esta carta.

Escribo la verdad.

¡Salve, César!

CARTA XI

Manio Atellus te saluda:

Roma se ha levantado sobre cimientos de ambiciones y traiciones. Sin embargo, mi familia construyó su casa sobre el suelo que ocupó la tierra labrada por los ancestros. Hemos venerado a nuestros antepasados honrando su memoria. Los dioses lares velaron nuestro sueño, libre de las pesadillas y los espectros que en la madrugada acosan a los que quebrantan las leyes y humillan a los débiles.

Si hago esto, si me doblego a contar lo que sé y me ha sido confiado, es por salvar la República, por preservar la civilización que Roma representa, convencido de que es depositaria del legado griego. Nada más. No quiero cargos ni reconocimientos; tampoco monedas con vuestras efigies.

Mi voluntad sigue siendo libre y quiero seguir durmiendo tranquilo.

Ten presente que has sido tú el que ha venido a mí, como el astuto César hizo anteriormente. A ninguno llamé; a nadie reclamé. Sin embargo, me encuentro atrapado en medio de un conflicto que no he buscado y al que me habéis arrastrado con insolencia y sin consultarme. Si por mí fuera, no habría vencedor; pero el bien de Roma me obliga a tomar partido. De momento, considero que tú eres depositario del poder y la fuerza necesarios para salvarla.

Escribo esto para que tengas presente que conmigo nada pueden hacer tus acciones desmedidas. Las amenazas, sibilinas o brutales, con las que sometes la voluntad de otros, en mí no causan efecto. Su puesta en práctica tampoco me atemoriza: mi vida desprecia la existencia que le fue dada por los dioses. A pesar de esta blasfemia, no caigas en la tentación de usarlas conmigo porque además de ofenderme nada obtendrías.

Un interesado César se ha erigido en mi defensor y me ha puesto protección: uno de sus sicarios, que no se inmutan ante la muerte que esparcen, me trae sus mensajes. De momento, tan solo sirve para atemorizar a los esclavos mientras vigila a los merodeadores negligentes que has enviado. Deberías decir a tus hombres que fueran más discretos; yo, que estoy ciego, puedo oír sus pisadas en la noche y oler su hedor de alimañas desde la distancia; si mis ojos no estuvieran velados, los descubriría torpemente ocultos entre los cultivos y la maleza. No me importa su presencia, pero pueden alertar a otros y levantar sospechas. Si me vigilan a mí, pierden el tiempo.

Espero que tu espía haya cumplido con su misión. Por mi parte, le informé de todo lo que César me había confiado en sus cartas. De momento no se han producido novedades importantes: confirmarte que tu rival disimula una decisión ya tomada desde hace tiempo. En realidad, nunca llegó a plantearse otro camino. Su juego se hace a veces demasiado evidente, incluso forzado: aparenta dudas que nunca ha albergado. Esa actitud no parece demasiado inteligente por parte de César, lo que me lleva a desconfiar. Parece que quiere hacernos creer que se siente débil y abrumado, cuando es todo lo contrario. Lo más probable es que me esté utilizando para alcanzar su objetivo, que no es otro que el de engañarte al confiar en su inseguridad.

Al margen de los recelos que genera su comportamiento, parece claro que está impaciente y sus tropas preparadas para la lucha, como te habrán informado mejor tus agentes. En cuanto a la lealtad de sus hombres, le seguirán hasta el final:

nada tienen que perder y mucho que ganar. Solo tú podrías detener al que siempre ha aspirado a convertirse en el dueño de un imperio inspirado por su admirado Alejandro Magno.

Cicerón puede ser un aliado conveniente, pero nunca se dejará manipular, si no es en su propio beneficio. De momento te apoya, pero sabrá cómo justificar un cambio de bando si la fortuna te es esquiva. César también le ha escrito, pero estoy convencido de que las misivas deben enmarcarse dentro de la estrategia de la confusión que ha desplegado. Sabe bien que no puede contar con él.

De nada más puedo informarte. Mi próximo mensaje te llegará a través de nuestro contacto.

Te deseo salud. Si tú estás bien, yo también lo estoy.

Adiós.

CARTA XII

Cayo César saluda a
Marco Emilio Lépido:

Marco, hermano de armas, no he necesitado leer tu última carta para adivinar tu impaciencia. Sé bien que afrontas un gran peligro al haberte situado tan cerca de mis enemigos, próximo a las murallas de Roma, pero entiende que necesito ojos y oídos que me informen acerca de sus movimientos con la mayor premura.

No tendréis que aguardar mucho más tiempo. Hemos concluido prácticamente las tareas de avituallamiento que nos fijamos y disponemos de todos los hombres y recursos disponibles. Pronto nos pondremos en marcha.

Lo que pasará a la historia como la duda de César ante el Rubicón, nunca ha sido tal. Mi determinación siempre fue clara. Necesitaba provisiones para la campaña que se avecina y mis hombres se hubieran hecho impopulares, y me hubieran hecho impopular a mí, si las hubieran obtenido por la fuerza en las haciendas romanas. No dispongo de recursos para comprarlas y debíamos, por tanto, tomarlas por la fuerza si era preciso.

He preferido afrontar la ira y el rencor de los galos, que ya me odian por la campaña que acabo de concluir contra ellos, que arriesgarme a poner contra mí al pueblo de Roma.

Los últimos días han sido provechosos. He podido reunir a todos los hombres de los que podía disponer aquí en la Galia y también he reclutado discretamente más tropas en Hispania y otros territorios. Mi fama y la promesa de un botín, confirmada por quienes ya han luchado conmigo, han terminado por convencerles. Ya estamos listos para partir.

He leído con atención tus cartas y sé que mis continuadas ofertas de paz y diálogo a mis enemigos no han surtido efecto o, al menos, no el pretendido. Las han tomado como debilidad y falta de determinación y ese estúpido cálculo, que revela una vez más lo poco que me conocen y lo mucho que me subestiman, les ha llevado a ser perezosos e imprudentes. Pompeyo y los suyos no han comenzado el reclutamiento de nuevas tropas, utilizando a los veteranos que viven en Roma o movilizando a través del Senado los grandes recursos del Imperio, mientras confían exclusivamente en las legiones que guarecen la ciudad y que hace mucho tiempo que no han combatido.

Nada podrán hacer contra mis hombres. Después de estos años de feroz campaña son ahora un eficaz instrumento en mis manos, un cuchillo bien afilado que se hundirá en las filas de mis enemigos como un dardo lo haría en el agua. Estaremos en Roma antes de lo que piensas y Pompeyo no tendrá otro remedio que abandonarla. Tratará de llevar la resistencia a otros lugares, pero será inútil y estará perdido.

Como acordamos, he seguido enviando misivas a mi maestro y a Cicerón, haciéndoles creer que soy un fiel defensor de la República.

Son ancianos y no comprenden este nuevo mundo y sus exigencias. De nada sirven ya nuestras viejas instituciones, demasiado lentas al adoptar las resoluciones que necesitamos. Pudieron llevar las riendas de una pequeña ciudad como en su día fue Roma, pero no del Imperio en el que nos hemos convertido. El mantenimiento de su supremacía y el engrandecimiento de su gloria necesitan de un gobierno más eficaz, de la figura de un dictador perpetuo que pueda mantener la presión constante sobre nuestros enemigos. Sus órdenes deben llegar a los confines del Imperio en horas, no en días.

Pero de momento les necesito a ambos. Al menos, preciso no enfrentarme a su frontal enemistad. Ambos gozan de prestigio y predicamento y su opinión contraria a mí podría arrastrar a muchos otros. Tiempo habrá para ajustar cuentas si llega el caso.

Nada espero de Cicerón, a quien bien conozco. Es un fatuo vanidoso, pagado de sí mismo desde que se creyó el salvador de Roma, y siempre me ha despreciado. Su destino está ya sellado.

La desconfianza de mi viejo maestro me duele más y me resulta imposible perdonarla. Temo que, de descubrir mi verdadera posición, no dudaría en respaldar a Pompeyo a pesar de lo mucho que nos une. A veces, los hombres de honor confunden sus lealtades y eligen pensar en la posteridad antes que en las necesidades del tiempo presente, lo que les lleva a acelerar su encuentro con ella, como temo que terminará siendo el caso. Conozco la mente de mi maestro y adivino sus dudas. Tendré que anticiparme a ellas, sin permitir que pueda dar un paso que me perjudique. Ya he situado ojos que vigilen sus intenciones.

Mantén alerta la vigilancia y observa los movimientos de mis enemigos sin ser visto. En breve, daré la orden de marcha. Son solo unas pocas horas las que nos separan.

Estos días aquí, además de necesarios para completar nuestros preparativos, han sido también imprescindibles para convencer a todos de mi falta de ambición personal y mi amor por la República. Esta «duda» que he exhibido me ha sido muy útil para rebatir el relato de sed de poder y codicia ilimitada que han pretendido escribir mis rivales. Quizá haya sido el mejor argumento para convencer a mi maestro de la rectitud de mis intenciones y de mi fe y respeto por la vieja República. Era para mí muy importante impedir que la opinión de mis enemigos pudiera imponerse, tanto por el efecto que ello pudiera tener a la hora de decidir lealtades de última hora, como por la imagen que de mí pudiera quedar para la historia. Sabes bien que tan importante es para mí el modo en que soy percibido por mis coetáneos como me preocupa que mi figura ocupe el lugar que merece entre los grandes conquistadores, como Alejandro Magno; hace tiempo que dejé de mirar con envidia sus hazañas.

Termino. No es tiempo de palabras sino de acción, y quiero concluir con presteza nuestros últimos preparativos y emprender la marcha cuanto antes. Bastante he esperado ya. Avanzaremos con rapidez y decisión, rehuyendo los combates siempre que sea preciso para no incrementar innecesariamente el descontento del pueblo de Roma con nuestra campaña. Me mostraré compasivo con los vencidos y a todos les perdonaré la vida. Tiempo habrá para que mis hombres puedan darles el trato que merecen. También tú deberás comenzar con esa tarea en cuanto nos hayamos adentrado en la península.

Pronto nos encontraremos victoriosos. Desenvaina ya tu espada y aguarda mi llegada.

CARTA XIII

Manio Atellus saluda a
su estimado Cayo César:

Marco, el asesino en el que confías, me ha entregado tu carta. ¿Qué fue de Titus? ¿Acaso recelabas de él? ¿Te traicionó y sus restos yacen ahora esparcidos en un muladar?

No sé si Marco está aquí para protegerme de tus enemigos o ha recibido otras instrucciones. Pero como te dije, no necesito que nadie vele por mi vida. ¿O acaso me vigilas, César?

Su presencia, y las palabras con las que justificas que esté aquí, en mi casa, inquietarían a otro. A mí tan solo me incomodan, de la misma forma que no soporto que nadie porte armas ocultas dentro de mi hogar, hoyando la hospitalidad que se le brinda. Por eso le he echado del atrio, donde esperaba mi repuesta, y le he dicho que saliera. Su estupor ante los arrestos de un viejo que dicta cartas le ha desarmado como si hubiera sido hecho prisionero por un bárbaro insignificante armado con una honda. Después de unos instantes de vacilación, en los que ha sopesado mi orden y las tuyas para determinar cuál debía imponerse, finalmente ha obedecido y cruzado la puerta.

Sabes como yo que pierdes el tiempo y malgastas tinta escribiendo a Pompeyo. Creo que con tus mensajes buscas en realidad justificarte ante la historia. Hablas de la impaciencia de tus hombres por entrar en combate, de las máquinas de guerra que has preparado para la batalla, de la impedimenta que necesita tu ejército para enfrentarse al enemigo, a otros romanos. Todos esos preparativos te delatan y anuncian la inminencia de tu ataque. Nunca has querido la paz ni has pretendido alcanzar un acuerdo con tu rival para repartiros el poder. Tu ambición guía cada uno de tus pasos, como lo ha hecho siempre, y no puede admitir que la gloria de otro te haga sombra. Ansías que el Imperio recaiga en tus manos y no te detendrás hasta conseguirlo.

No subestimes a Pompeyo: también es inteligente, como te ha demostrado con autoridad y pericia en multitud de ocasiones. Sabe responder a los desafíos que se le plantean y afrontar las amenazas con fuerza proporcional. Bajo una aparente indecisión corre el torrente de sangre fría que estimula cada uno de sus pasos. Sois mucho más parecidos de lo que a los dos os gustaría reconocer: esa es la razón del odio mutuo que os profesáis. Os considero, por igual, herederos de lo peor de Roma, dignos representantes de una larga historia de ambición y codicia.

Tampoco hagas caso a los rumores sobre el flanco débil de sus fuerzas. Lo peor que le puede pasar a un general es despreciar las capacidades del enemigo. Muchos de los hombres con los que cuenta pueden parecer veteranos anquilosados, pero recuerda que en otro tiempo formaron parte de un ejército capaz de enfrentarse a poderosos enemigos y derrotarlos. La experiencia en combate de ese ejército desmovilizado es muy valiosa y puede alentar a los reclutas más pusilánimes, convirtiéndoles en auténticos soldados.

Confía hasta cierto punto en los ojos de tus espías: a veces, no pueden llegar a lo más profundo de los secretos que ansían conocer; en ocasiones, ven aquello que otros quieren que vean; hay casos en que los espejismos y trampantojos les hacen creer en algo que es mentira. En todos estos supuestos, sus informaciones pueden ser más perjudiciales que beneficiosas para tus planes, hasta el punto de hacerlos peligrar sin que tú lo sepas.

Ten cuidado con las misivas que diriges a Cicerón: corres el riesgo de que se vuelvan contra ti. Como buen político, no dudará en utilizarlas en su provecho, de la forma que sea, contra el que gane o pierda. Lo mejor que puedes hacer es usar sus mismas armas, aunque siempre te encontrarás en desventaja: él las maneja con maestría.

Son consejos que te entrego. Y como tales debes tomarlos.

Adiós.

CARTA XIV

Cayo César saluda a
su admirado Manio Atellus:

Mi querido maestro. Una vez más te lo reitero: nada debes temer de mí, como tampoco debe sentirse amedrentado ningún buen ciudadano romano, aunque se encuentre ahora confundido y haya errado a la hora de elegir bando en esta disputa que me enfrenta a Pompeyo y sus aliados. Son ellos a quien temo y de los que tú también deberías recelar, pues no tienen escrúpulos y están dispuestos a todo para lograr sus fines.

Marco no tiene otra misión que la de auxiliarte en lo que precises y defender tu vida, aunque sea a costa de perder la suya. Sus órdenes son sencillas y las ejecutará fielmente, pues su lealtad está más que acreditada.

Me adviertes frente a Pompeyo y mis enemigos. No tengas cuidado, sé bien de lo que son capaces. Por eso no me acercaré a ellos sin estar acompañado de mis hombres; da igual qué institución romana utilicen para ocultarse y ejecutar sus propósitos. Solo anhelan el poder absoluto y presienten que soy el único que se interpone para alcanzar sus deseos. Por tanto, mi destrucción política y mi eliminación física les parecen los únicos medios eficaces para alcanzar sus objetivos.

Tampoco me engaño respecto de Cicerón. Sé bien que se tiene por el mejor de los romanos y que considera que ninguno estamos a su altura, da igual cuáles sean nuestros logros y méritos. No tiene mayor preocupación ni cuidado que su propia vanidad, que le preocupa mucho más que el bien de la Republica, y no ha dudado en sacrificar vidas inocentes, como todos bien sabemos, en el altar de su pretendida moralidad republicana. El problema es que tiene engañados a muchos buenos ciudadanos, que aún creen en su altura de miras, deslumbrados por su fama. Por eso debo cuidarme, no tanto de que milite a mi lado, que no lo procuro porque para nada le necesito, sino en no tenerlo como enemigo, pues me granjearía la oposición de muchos otros. Debo pues proceder como ha de actuarse siempre con personajes como él: halagando su vanidad hasta el extremo de lo ridículo y proporcionándole solamente la información justa por si en algún momento pudiera pasarse abiertamente al bando de mis enemigos.

Guiados mis pasos por este principio, me moveré como lo haría para atrapar a una serpiente que se hubiera colado en mi casa: tendré cuidado con sus colmillos y con su veneno, le rodearé antes de introducirle en un saco de indiferencia y me olvidaré de él. En ningún caso será arrojado el Tíber, como quizás otros habrían deseado.

Te reitero que para mí lo más fácil habría sido permanecer indiferente ante la ruina de la República y el declive de Roma, dejando a mis enemigos alcanzar el poder que tanto ansían, pactar con ellos un exilio más o menos dorado, en la Galia o en otro lugar cualquiera, con el único riesgo, frente al que tendría que estar siempre prevenido, de que llegado el caso, al sentirse amenazados por mis vínculos con las legiones de Roma, pudieran darme muerte de forma discreta aparentando que mi vida me fue arrebatada por los enemigos externos de la Ciudad Eterna y no por los que habitan dentro de sus muros.

Tal vez no lo creas, pero en realidad es un sacrificio lo que afronto. No lo hago por ambición, ni por placer, sino por sentido del deber y por amor a Roma. Sí, ya sé que mis palabras pueden parecerte exageradas. Pero lo cierto es que corro un gran peligro dando el paso sobre el que ahora reflexiono. Arriesgo no solo perder la vida, sino también el buen nombre de la familia Julia, una de las más importantes de Roma. Mi deshonra se extendería a todos mis deudos. No te oculto que, de dar este paso, confiaré, como siempre, en terminar victorioso. No solo por mis cualidades, sino por la lealtad de mis hombres, que superarán cualquier ejército que mis enemigos puedan desplegar ante nosotros. Si así no fuera, afrontaré con honor y la mirada alta mi propio destino y el de toda mi familia, confiando en que en algún momento otro más capaz acabará restaurando el honor de Roma para poner fin al cruel reinado —reinado, sí— de Pompeyo y sus chacales.

No lo arriesgaría todo de un golpe si no fuera por el cruel destino que aguardaría a nuestra amada Roma si yo no me enfrentase a sus enemigos y no estuviera seguro de poder derrotarles. Confortado por ese pensamiento, me despido de ti.

CARTA XV

Manio Atellus saluda a
su estimado Cayo César:

Me hablas de sacrificios por un bien superior. Está bien, te hablaré de inmolaciones y dolor.

Tiberio, mi hijo mayor, se dejó llevar por su sangre joven y apoyó la causa del conspirador Catilina para encontrar la muerte en Pistoria; Publio, el menor, combatió a tu lado en las Galias. Nunca se atrevió a decirte quién era y tú ni siquiera reparaste en su presencia entre los oficiales de tu ejército. Mientras saboreabas las mieles del triunfo y Vercingetórix se postraba a tus pies, el cuerpo sin vida de mi hijo yacía abandonado en los campos desolados frente a la fortaleza de Alesia. El dolor arrancó las entrañas de mi esposa y mi corazón se secó para siempre.

Entonces hubiera deseado leer la carta que nunca escribiste, estimado César. Apenas unas palabras de consuelo habrían sido suficientes; unas líneas sobre el pergamino para narrar el valor mostrado por nuestro hijo en la batalla hubieran sido suficientes para mitigar nuestra desolación. Pero entonces yo no te era útil y lo único que te preocupaba era el trato que te había dispensado el Senado al negarse a reconocer los honores por tu conquista.

Ante la muerte de mis hijos nada puedes decirme que yo no sepa ni haya sufrido.

Respetado César, lo único que te importa es el reconocimiento público y la gloria. Por obtenerlos eres capaz de desencadenar una guerra que cause sacrificios que te son ajenos. Aunque he de decir que la gélida indiferencia que muestras es un rasgo que caracteriza a los grandes hombres al tomar las decisiones o ejecutar las obras por las que alcanzarán la inmortalidad. Sin embargo, no debes olvidar que la historia tiene dos caras y el lado de los perdedores también perdura.

Estoy convencido de que tu determinación te llevará a cruzar el Rubicón y a desafiar así las leyes de Roma. De esa forma te convertirás en el primer general que cruza en armas esa frontera inviolable y sagrada; la primera víctima de esa temeridad será la prudencia, rasgo de tu carácter que no has ejercitado como debieras. En cuanto los primeros caballos hundan sus patas en el agua y tus legionarios se metan en la corriente hasta las rodillas, ya no habrá marcha atrás. A partir de entonces solo una cosa es segura: el camino quedará sembrado de cadáveres.

Soy un hombre pacífico, rasgo que algunos consideran depreciable. Soy viejo, no sé si venerable; por eso mismo otros me ven como alguien inofensivo, un lastre prescindible que nadie tiene en cuenta. Objetivamente, poco importan mis consejos. Esta convicción me lleva a reflexionar sobre el sentido de este intercambio de misivas. No eres hombre que pierda el tiempo en formalidades inútiles; todo lo que haces busca un rédito inmediato, una ventaja que pueda favorecerte.

Sientes que se te acaba el tiempo y robas horas al sueño. Apenas comes de lo que te trae el esclavo. Consultas con tus comandantes y despachas mensajeros a todas horas. Te imagino en tu tienda, dictando al amanuense las cartas que me remites, concentrado en cada una de las palabras que salen de tus labios y en el sentido que puedan transmitir o quieran ocultar. Siento que soy una pieza del engranaje que has diseñado.

¿Realmente necesitas mi opinión, la seguridad que te pueda ofrecer mi análisis reposado y desde la distancia? Bien, te las seguiré ofreciendo. Pero también necesito saber más cosas, conocer con detalle cuáles van a ser tus pasos después de cruzar el río que marca la frontera con la Galia. Solo así podré asesorarte según mi juicio.

Tienes demasiada confianza en ti mismo y pasas por alto que Pompeyo es un enemigo formidable que cuenta con importantes apoyos. Arriesgas demasiado en una apuesta que posiblemente pierdas. ¿Qué pasará después, César? ¿Serás capaz de soportar la humillación de la derrota? En ese caso, la muerte sería un mal menor. Si reflexionas sosegadamente sobre esta cuestión, puede que cambies de opinión en el último momento.

Hace tiempo que tomaste la decisión que te ha llevado hasta la orilla del Rubicón. Las dudas que insinúas son en realidad una impostura, de la misma forma que el supuesto respeto y admiración que dices sentir por mí. Si así fuera esto último, ¿necesitarías un asesino para enviarme tus cartas con la burda excusa de que te preocupa mi seguridad? Tu desconfianza me ofende, César. Basta ya de disfraces. ¿Me estás utilizando para tus taimados planes? Fui tu maestro y conozco demasiado bien tus recovecos, los trucos de ilusionista que empleas para engañar a los incautos. ¿Consideras que a mí también me puedes manejar a tu antojo? Demasiadas preguntas y hasta ahora pocas respuestas.

Te conozco mejor de lo que eres capaz de admitir. Nada ha cambiado desde aquellos lejanos días en los que tu inteligencia y lucidez despuntaban por encima de las de los demás. Sin embargo, qué poco te costó ceder a los impulsos que te han llevado a donde querías, aunque tuvieras que sacrificar amistades y lealtades de aquellos que te apreciaban. Poco te ha importado la suerte corrida por aquellos que siguieron incondicionalmente la sombra de tu gloria.

Me exiges lealtad, César. ¿Acaso dudas de la que te dispenso? Durante todos estos años en los que cortamos los vínculos que nos unían mis silencios fueron fieles aliados de tus empresas. Ni siquiera la muerte de mi hijo me hizo levantar la voz. ¿Por qué ahora puedes llegar a pensar que no sea así? En todo caso, ¿qué me obliga a deberte obediencia? No soy uno de los soldados de tus legiones que cumplen ciegamente tus órdenes; estás malacostumbrado. A nadie debo nada, y menos a ti. En todo caso, me inspira mi pecho necrosado.

Adiós.

CARTA XVI

Manio Atellus te saluda:

Llegó tu carta, Lucio Domicio, de palabras tan ásperas como la lengua bífida de una serpiente. Por lo que cuentas, el centurión Kaeso cumplió con su misión: Pompeyo ya está informado de lo que sé.

Cuando acepté, por motivos que solo a mí conciernen, lo hice con la condición de que nada más quería saber de vosotros. He cumplido, abrumado por una culpa que sin embargo se atenúa con el paso de los días. Entonces me juré a mí mismo apartarme de este juego, hacerme a un lado de la disputa en la que os despedazareis entre vosotros; tampoco asistiré al sangriento espectáculo que vais a brindar y que me resulta indiferente, como el de los gladiadores en el circo que sirven de entretenimiento para los plebeyos ociosos que se regocijan en su miseria espiritual y material.

Así os lo comuniqué, sin dar cabida a la duda.

Es cierto el dicho que constata que siempre se aprende. A mi edad, cuando menos lo esperaba, estoy descubriendo demasiadas cosas sobre el alma humana, de mí mismo y de la decadencia moral de mis principios, embellecidos hasta hace poco por una engreída consideración que fue acumulando capas de vanidad con el paso de los años. Lo que creí que era un idealizado retrato ha resultado ser una representación obscena de mis más bajos instintos, el fresco explícito que decora la pared de un lupanar.

Soy débil, voluble, cobarde, contradictorio, demasiado humano por tanto, ahora más de lo que nunca hubiera pensado. De nada ha servido mi retiro voluntario en busca de la expiación y la calma. Dicen que hay que exponer a un hombre ante sus límites para que se manifieste su verdadera naturaleza. Hoy descubro que a pesar de todo me dejo llevar por aquello que siempre he criticado en otros. De la misma forma que perdí la fe y el sentido de la vista, conscientemente he sido ciego ante lo que había más allá de los muros de esta casa, que convertí en lo que creía que sería un refugio que me mantendría a salvo de las maquinaciones del resto de los hombres.

En realidad, ha sido el orgullo quien atrancó las puertas y corrió los cerrojos de mi encierro.

Escucho la voz pausada del liberto leyendo las cartas que me envía César y mi cólera crece desbocada, mi inquina hacia él se multiplica con cada frase, mientras el afecto que le tuve se difumina como la aparición de un espectro en medio de una pesadilla de la que uno despierta agitado. Envueltas en grandilocuencia pero despojadas de compasión, sus palabras suenan a la noche fría que se pasa a la intemperie. Le sirven para fingir respeto, admiración, confianza, cuando en realidad destilan el egoísmo de una ambición que desprecia el sacrificio, la desesperación y el sufrimiento de los demás, como si fueran instrumentos puestos a su disposición. Aunque prodigue lo contrario, poco le importo, aunque no por eso me siento humillado. Trata a todos por igual y en mi caso nunca he sido una excepción.

Mis respuestas mantienen a duras penas las apariencias, siguen las reglas del juego impuestas por otros desde tiempos arcaicos; reprimo defectos amordazados y retengo las riendas del odio, a la espera impaciente de que llegue el día en que César cometa el error que le haga pagar por sus desalmados actos. Poco queda para conocer el desenlace: está en las manos de Pompeyo.

Mi linaje se extinguirá conmigo y la venganza será mi legado. Si queda satisfecha, los días que me restan de vida no serán más felices pero sí más llevaderos, ante el convencimiento de que se ha hecho justicia. Si se truncan nuestros planes, nadie me salvará. De la misma forma que no recuperaré lo perdido para siempre, jamás seré recordado.

Estoy atrapado en la vorágine de unas aguas turbulentas. Sin embargo, no busco la salvación, no alargo la mano para que alguien tire de mí y me saque de este río al que me he arrojado. Por eso mismo, dile a Pompeyo que le ofrezco mi traición para que disponga de ella contra César. No lo hago como un sumiso cliente que busca de él prebendas y favores. Tampoco por Roma ni por el populacho que componen sus ciudadanos. Actúo en memoria de mis hijos y de mi esposa. Como pago solo pido discreción.

Después de una larga espera se me ha otorgado el momento de agradecer a César lo que de él he recibido. Iba siendo hora de cobrarme mi deuda. Pompeyo sabe dónde encontrarme.

Adiós.

CARTA XVII

Manio, te saluda la serpiente:

Los caminos se han vuelto muy peligrosos y no puedo arriesgar la vida de mis hombres en responder a tus cartas de viejo vengativo y asustado. ¿Quieres seguir sirviendo a Pompeyo? Así sea.

No pierdas el tiempo conmigo, malgastando palabras de hermosa elocuencia en justificar tu traición. Soy esbirro al servicio de la causa de los enemigos de César. Algunos me tienen por hombre justo; otros me llaman corrupto; los hay que se atreven a tildarme de asesino. Por mi parte, tengo larga experiencia en política, por lo que no me engañan los falsos escrúpulos con los que se engalanan hipócritas como tú. Conozco demasiado bien los mecanismos que inspiran los actos de los hombres y nada me sorprende.

Anciano, eres un cobarde que acusa a otros de su desgracia, un hombre patético que al final de sus días busca perdonarse a sí mismo vendiendo su alma, mientras proclama que tiene todo el derecho a hacerlo para paliar su dolor. Te engañas a ti mismo para no reconocer tu culpa. Y lo peor de todo es que disfrazas tu rencor con la toga de una falsa moralidad, al mismo tiempo que buscas expiarte ante los demás.

Poco me importan los motivos que te inspiran. Mi naturaleza de reptil hace que tampoco me fíe de ti. No te conozco y apenas sé un poco de tu vida pasada, aunque algunos te recuerdan como un hombre de principios elevados que no tardaron en desplomarse. Tampoco has luchado a mi lado ni has participado en los comicios. Me cuentan que rechazaste participar en los asuntos de la República cuando tuviste la oportunidad de hacer carrera. Pero no pienses por ello que eres mejor que los que te rodearon en su día.

Entre nosotros no hay un vínculo de amistad o de camaradería que nos una. Para mí, eres un pusilánime amedrentado por las consecuencias de su indolencia. Aun así, te reconozco cierto mérito. La información que aportas sobre César tiene valor, pero no tanto como puedes llegar a pensar. ¿Sigues dispuesto a delatar al que fue tu mejor discípulo, al entonces joven amigo en el que en su día depositaste tu esperanza? Si es así, Pompeyo te acogerá. Haces lo que debes. No merece la pena apostar por César.

Mis agentes me informan de la muerte del centurión Kaeso. Su asesino arrojó su cuerpo a un lado del camino, en las afueras de Roma. Ni siquiera se molestó en esconderlo. No fue ninguno de mis hombres el que le hundió el *pugio* en su cuello y en el pecho, pero he de decir que el traidor tuvo lo que se merecía. No me cabe duda de que la sombra de César está detrás de su asesinato. Esta certeza me convence de que nuestro enemigo sigue nuestros pasos y que envía por delante a sus secuaces para que hagan el trabajo sucio. No me sorprende. Era lo esperado y la manera en la que se están desarrollando los acontecimientos me hace estar aún más alerta.

Ten cuidado, viejo. La partida en la que juegas es peligrosa y sabías dónde te metías cuando aceptaste participar en ella. No pretendas engañarme; recuerda que soy Lucio Domicio y que tengo ojos y oídos en todas partes. Estás advertido. César tampoco debe confiarse. Nosotros también sabemos adelantarnos a los acontecimientos y eliminar a los que nos delatan con justicia rápida y sangrienta.

Pero basta de palabrería que no conduce a ninguna parte. Transmito tu mensaje a Pompeyo.

Le ahorraré tus lamentos, que recuerdan a los de una plañidera. Acepta mi consejo y deja a un lado los remordimientos con los que te fustigas inútilmente para conmover a los demás.

Pompeyo aceptará lo que le ofreces. Cuando aplaste a César se acordará de ti como mereces, no como ha hecho tu discípulo desagradecido, que con la excusa de pedirte consejo te ha utilizado.

Se despide de ti la serpiente.

CARTA XVIII

Cayo César saluda a
su admirado Manio Atellus:

La paciencia de César no es ilimitada, ni su afecto incondicional. La lealtad es la cualidad que más valoro, mucho más que la inteligencia, y empiezo a pensar que la que he dado por supuesta en ti era solo un ingenuo recuerdo de mi primera juventud.

He dedicado muchas horas a convencerte de la bondad de mis propósitos y de mis justas dudas, tiempo que me ha privado de atender otras obligaciones, sin duda más urgentes, y también del imprescindible descanso. Carta tras carta te he explicado mis motivaciones. Con mi sacrificio he dado sobradas pruebas de mi amor por la República y, a pesar de las burlas crueles de mis enemigos, he hecho todo lo posible por alcanzar con ellos un acuerdo que evitase el derramamiento inútil de valiosa sangre romana.

Nada de esto te ha conmovido. No pareces entenderme ni desde luego creerme. Presumes en mí ambición, crueldad y codicia y no reconozco el reflejo que tu espejo me devuelve. Ignoro cuál es la prueba que necesitas para aceptar que no soy distinto del joven a quien educaste y cuyos valores supiste inculcar.

Adivino, tras esta actitud que no comprendo, pasados rencores e incluso envidias. Tal vez piensas que he llegado mucho más lejos de lo que tendría derecho por mis merecimientos y seguramente te desagrada la idea de que quien fue tu pupilo termine rigiendo los destinos de Roma. Puede que también sientas que tú no has tenido el reconocimiento que Roma jamás supo agradecerte por tus servicios.

Si es así, te lo concedo. Pero no se cambia el mundo encerrado entre cuatro paredes y escribiendo y releyendo pergaminos. Hace tiempo debiste haber aprendido que es la acción y no únicamente el pensamiento lo que puede esculpir el mundo y la historia. Has tenido el destino que tú mismo has pretendido, encerrado en la soledad de tus pensamientos.

Creo que envidias mi suerte y mi destino, y sobre todo el hecho de que haya sido mi determinación la que me ha abierto un camino que no supiste adivinar cuando me enseñabas. Creíste enseñar a un escriba cuando en realidad quien te escuchaba terminaría alcanzando los más altos destinos en esta Roma que tanto admiras.

Maldices el cruel destino de tus hijos pero no pareces recordar que no pudiste enseñarles el uso de las armas ni les acompañaste al campo de batalla en el que no has estado nunca. ¡Poca ayuda tuvieron de ti como padre! Tal vez con otro, más parecido a mí, hubieran tenido mejor suerte.

Adivino en el fondo otras lealtades pues no hay en estos tiempos otra alternativa a la lealtad a César que la fidelidad a Pompeyo. ¿Le crees acaso mejor que yo? ¿Crees que no reúne en él los mismos atributos de ambición, crueldad y codicia que me atribuyes a mí? No entiendo cómo puedes estar tan ciego. Pompeyo es un reflejo envejecido y menguado de César. En un tiempo pudo haber sido lo que yo represento ahora, pero ya no puede serlo. Solo podrá ser por siempre Pompeyo. Con él, Roma no tendría otra certeza que la de su inexorable declive. No entiendo cómo puedes, de esta manera indirecta, haberte prestado a militar en su causa. ¿O acaso estás más comprometido, Manio Atellus?

Deseo equivocarme. Espero por los dioses que mis temores sean vanos y mi duda infundada. Lo anhelo por el bien de Roma… y también por el tuyo propio. La cólera de César es temible y nada hay peor que la traición de un amigo.

No trates de engañarme. Te conozco más de lo que crees y sabré leer lo que me digas y también lo que calles. Cada palabra que utilices será una prueba a tu favor o en tu contra, y por si mi juicio no es imparcial, tengo testigos allí donde hayan llegado los ecos de tu deslealtad. Lo que César debe saber, al final lo sabrá. No oses desafiar esa máxima que hasta ahora se ha mostrado inmutable.

Aguardo tu próxima carta y con ella tus excusas y una rectificación. Aceptaré fácilmente que me digas que eres un viejo y que como tal tu juicio se nubla de vez en cuando, como sucede a menudo a los de tu avanzada edad, y que mezclas la realidad con tus sueños, recuerdos y temores, en un presente que a la vez es pasado y futuro. Créeme si te digo que nada me hará más feliz que un sincero arrepentimiento que te traiga de vuelta al reducido grupo de quienes pueden llamarse mis amigos.

Medita bien tu respuesta antes de escribirla y enviarla. La vida, y César, no siempre dan segundas oportunidades. Ten la certeza de que nuestra pasada amistad no te protegerá. Acaso lo contrario.

Que los dioses te guarden… de ti mismo.

CARTA XIX

Manio Atellus saluda a
Cayo César:

No conozco la envidia, si bien mi corazón solo entiende del rencor que genera la amargura.

Tienes razón, tus cartas no me han conmovido; y mis respuestas te defraudan porque no expresan lo que te gustaría leer, oír con mi voz. Por eso me atacas con reproches que me acusan injustamente de ser responsable de la muerte de mis hijos por no haber estado a su lado en el campo de batalla para defenderlos o compartir con ellos su destino. Es un recurso miserable que utilizas contra mí para atacarme y que demuestra la degradación moral en la que has caído. En tu descargo, debo decir que estoy convencido de que no eres consciente de una maldad que confundes con la naturalidad de tus supuestas virtudes.

Sabes que nunca fui un hombre de armas que confiase en el derramamiento de sangre para imponer sus ideas o puntos de vista. Siempre pensé que la fuerza de las palabras y la autoridad que concede la retórica en defensa de una causa justa eran suficientes para doblegar a la irracionalidad de los que se comportan como bestias. Así te lo enseñé, pero ante el ejemplo de tu actitud es probable que perdiera el tiempo o me equivocase, como ha sucedido en tantos otros momentos de mi vida.

Aunque pueda parecértelo, tampoco he sido un cobarde por no empuñar un *gladius* ante el enemigo, por mucho que algunos creáis ciegamente en la doctrina que proclaman los aceros afilados como única verdad. A lo largo de mi vida he dado suficientes muestras de valor ante aquellos que intentaron silenciarme. Si te has convertido en uno de ellos, además de lamentarlo en lo más profundo de mi corazón amortajado, debo advertirte que de mí nada más vas a conseguir: no voy a implorar perdón por lo que he sido, aunque me consideres despreciable.

Si te molestan mis admoniciones, que tampoco pretenden serlo, rompe estas cartas, no vuelvas a escribirme. Tengo la impresión de que los consejos que precisabas de mí no son los que querías y que por tanto ya no sirven a tu propósito. Pero no pienses que te has confundido: el único culpable soy yo, por ofrecer falsas esperanzas, aunque no supiera que lo estaba haciendo.

Si albergas sospechas hacia mí, actúa como consideres que debes hacerlo. ¿Quién soy yo para impedirlo? Crees que tienes todo el derecho a juzgar y condenar y contra eso no puedo hacer nada. Si te planteas el perdón, puede que no lo merezca. Estoy atrapado en una encrucijada que irónicamente no he buscado. El cepo se va cerrando y carezco de fuerzas para liberarme, como el animal cazado que se resigna a morir.

Sabes que no puedo engañarte. Carezco de esa habilidad y es demasiado tarde para adquirirla y ejercitarla con garantías. Resultaría ridículo. Tienes la facultad de interpretar las señales que revela el alma humana y desde un primer momento has sabido que nada podía ocultarte. Sin necesidad de que indagues demasiado, descubrirás en mí aquello que sospechas y nada te sorprenderá.

Hubo un tiempo en que te consideré uno de mis hijos y reconozco que lamenté que no fueras fruto de mi carne y de mi sangre. Ahora eres para mí un completo desconocido con perversas inclinaciones. Este estremecimiento me resulta muy extraño, como si de pronto uno de los pilares sobre los que se había asentado mi vida se viniera abajo con estrépito. Y lo peor, siento un gran dolor, porque a pesar del silencio que hemos mantenido durante todos estos años ahora sufro la pérdida del último hijo que me quedaba. También tengo la convicción de que aquellos días de tu juventud vigorosa y mi madurez reflexiva, cuando Roma nos parecía una ciudad luminosa, se borrarán para siempre de nuestras vidas y nada dejaremos. En mi caso, cuando estoy dando los últimos pasos al final de un camino que ya se me hace largo, es una amarga lección. En el tuyo, la pérdida no te afectará demasiado. En todo caso, será una incómoda molestia que permanecerá hasta que te encargues de borrar hasta el último rastro. Será entonces cuando tendrás el poder de escribir la historia, tu máxima aspiración.

Te entiendo más de lo que crees. Tampoco quiero juzgarte, aunque pienses lo contrario. Pero tengo el derecho a actuar como dicta mi conciencia y a decir lo que pienso, aunque no deseases ni hubieras esperado mi sinceridad inesperada. Me instas a que medite mis palabras antes de dictarle a Samio una nueva carta, ¿para no ofenderte, orgulloso César? Me exiges un sincero arrepentimiento, ¿cuál es mi pecado?

No sé si a partir de ahora este intercambio de cartas se verá interrumpido de forma tan espon-

tánea como empezó o si por el contrario se cor-
tará por otra causa.

La traición a veces puede ser necesaria, justa
incluso.

Adiós.

CARTA XX

Te saludo, Lucio:

Seré breve, para no incomodarte.

Antes de nada, debo decirte que nuestro intercambio epistolar también pone en peligro a aquellos que arriesgan sus vidas para hacer que los mensajes lleguen hasta ti, personas a las que aprecio y que lo hacen desinteresadamente.

Presumes de inteligencia, pero tu desconfianza te impide ver más allá de las conspiraciones. Recuerda que soy Manio Atellus y ya no espero nada de los hombres ni de la vida. ¿Te has preguntado qué podría ganar traicionando a Pompeyo? ¿La amistad de César? ¿Para qué la podría desear ahora?

Si sospechas de un doble juego, ven a por mí, Lucio Domicio. Acude cuando prefieras, a plena luz del día o durante la noche, solo o acompañado por tus secuaces. Como bien dices, soy un viejo que gime como una plañidera, pero si decides acabar conmigo no te apures, lo haré silenciosamente, sin oponer resistencia. Aunque debo advertirte que a la hora de satisfacer tu deseo asesino puede que encuentres otro rival que se te adelante para frustrar tus planes. Debo confesarte que nunca hubiera imaginado que el interés por verme muerto fuera asunto disputado entre las dos facciones que luchan entre sí por hacerse con el control de Roma. Reconozco que es un honor inesperado e inmerecido.

Con esta carta también te hago llegar nueva información sobre los pasos que César se propone dar. Como leerás, el respeto y la simpatía que podía tener hacia el que fue su maestro se han transformado en una amenaza que ya ni siquiera es velada.

Dile a Pompeyo que no malgaste sus favores conmigo y los reparta para satisfacer a otros que los están esperando.

Adiós.

CARTA XXI

Lucio Domicio te saluda,
Pompeyo el Grande:

Los informes que me hacen llegar mis agentes sobre los preparativos de César para la guerra son constantes. Ocupo gran parte del día en despachar mensajeros con nuevas instrucciones que insisten en permanecer alerta.

Debo confesarte mi preocupación. Sus soldados están curtidos en combate y le serán fieles hasta la última gota de su sangre. No tengo la misma opinión de nuestros hombres, reclutados a toda prisa entre ciudadanos que no tienen demasiadas ganas de luchar. Los oficiales que los dirigen son indolentes y poco preparados para asumir el mando de tropas. La inexperiencia de unos y de otros puede poner en peligro todo nuestro plan.

Ese Manio Atellus del que me hablaste sigue enviando cartas a César. El liberto que tiene a sus órdenes me hace llegar las copias del intercambio epistolar arriesgando su vida.

El viejo utiliza con su antiguo pupilo un tono crítico que se ha ido incrementando en las últimas misivas. Las respuestas que en principio contenían palabras de afecto han dejado paso a la intimidación sin rodeos, lo que revela un claro desengaño; César buscaba el apoyo incondicional a sus intenciones de usurpar el poder y se ha encontrado con la desafección en quien menos lo esperaba. En el cruce de cartas, Manio Atellus tampoco se arredra.

Leo las copias de lo que escriben y mi instinto me dice que las piezas no encajan del todo. Sospecho que César pretendía hacernos creer que albergaba dudas cuando en realidad nunca las tuvo, mientras se valía del que fue su maestro para confundirnos a sabiendas de que conoceríamos el contenido de las cartas. Creo que todo se trata en realidad de una impostura de la que Manio Atellus también forma parte. Su apariencia de viejo desengañado, que muestra adhesión a nuestra causa sin pedir nada a cambio, puede que sea un disfraz hábilmente tejido que oculta la verdad. Ni siquiera creo en un verdadero deseo de venganza. Ante todo esto, me desconcierta su actitud y por eso no me fío de él.

Tal vez me equivoco y es tan solo un pobre desgraciado, ciego y cargado de años, al que mantiene vivo un rescoldo de orgullo que le recuerda la imagen idealizada de la Roma que él se había propuesto levantar. Aunque esta posibilidad fuera cierta, en mi posición no debo dejarme llevar por la tentación de la debilidad que se muestra al manifestar cierta condescendencia. Hasta ahora, nunca me he equivocado al pensar mal.

Emboscados en las cercanías de su *domus* le protegen algunos hombres enviados por César, cuadrilla de desarrapados tan torpes que no han sido capaces de interceptar los mensajes que me llegan. Su presencia no supone ningún obstáculo y solo hace falta una orden tuya para que acabe con la vida del viejo y con la farsa que sostiene.

En la *capsa* que te he enviado con esta carta también te adjunto las copias hechas por el liberto de Manio Atellus y los últimos informes que he recibido de mis agentes.

Falta menos para nuestro encuentro.

Me despido.

CARTA XXII

Pompeyo saluda a
su estimado amigo Lucio Domicio:

Debemos conservar la calma. Ahora lo más importante es mantener la cabeza fría ante la hora que nos aguarda. La vehemencia que provocan tus recelos te hace ver enemigos por todas partes: no dejes que se convierta en trampa que engañe a tus sentidos y pueda impedirte pensar con claridad.

Aunque entiendo tus temores, me consta que Manio Atellus es completamente inofensivo. Le conozco desde hace tiempo y nunca ha tenido demasiada sangre corriendo por sus venas. Como bien dices, es un viejo amargado que ha encontrado en nosotros la oportunidad de resarcirse de los agravios de un discípulo que se olvidó de él. De momento, nos puede seguir siendo útil, como lo ha sido hasta ahora. Y tampoco exige demasiado, salvo la satisfacción de una venganza poética que nosotros nos encargaremos de ejecutar. Si nos traiciona, ya tendremos tiempo de eliminarlo, aunque quizá ni siquiera merezca que perdamos el tiempo con él. En ningún caso debe preocuparnos demasiado.

Ahora, lo que debe importarnos, por encima de todo lo demás, es recabar apoyos políticos mientras reclutamos las fuerzas suficientes para aplastar a César, destruirle sin darle oportunidad a que vuelva a intentarlo, exterminarlo junto a sus hombres mientras el Rubicón se tiñe de rojo con su sangre, para escarmiento de otros y acrecentar así la gloria que proporcionaremos a Roma. Si Cicerón y las cohortes de sus rastreros seguidores se ponen de nuestro lado nadie podrá detenernos, ni siquiera todas las legiones del ejército.

Sigue como hasta ahora, estimado Lucio. No te desvíes del camino que hemos emprendido juntos por culpa de sospechas infundadas que pueden desembocar en una trampa. Confío plenamente en tus capacidades como el primer día. Vigila al anciano maestro como has hecho hasta ahora y mantenme informado de lo que habla con César. Nada más.

Si todo sale como esperamos, la recompensa a todos nuestros desvelos será inmensa y eterna: recuerda que Roma será nuestra.

Si estás bien, yo también lo estoy.

CARTA XXIII

Cayo César saluda a
Manio Atellus:

Mis leales ya me advertían de que este tedioso intercambio epistolar con un viejo era una pérdida de tiempo que solo ponía en riesgo a los hombres que actuaban como mensajeros y que debían internarse, una y otra vez, en territorio enemigo.

Bien pronto comprendí que la ausencia de cualquier incidente era una señal de que, en realidad, mis enemigos estaban satisfechos con ese intercambio, lo alentaban incluso. Y la razón, no hace falta ser César para entenderlo, era que conocían el contenido de nuestras misivas. Por eso las redacté todas pensando que serían leídas por ellos, para la historia.

Mencionabas en tu última carta que la traición a veces puede ser necesaria, justa incluso.

No estoy de acuerdo. Respeto el valor de mis enemigos y el de mis adversarios. Si en tu primera misiva me hubieras expresado con claridad tus preferencias por Pompeyo, nada hubiera ocurrido. Simplemente, no te hubiera escrito más. Me hubiera dolido no contarte entre mis partidarios; es más, no lo hubiera entendido, pero ningún mal te hubiera deparado. Te protegía el recuerdo de mis años de juventud y de lo que aprendí a tu lado.

Pero me has traicionado. Ahora sé que has conspirado contra mí con mis enemigos, que les has revelado los que creías eran mis secretos y que has trabajado activamente para mi destrucción y eso, querido maestro, ya es muy distinto a los ojos de César. Has decepcionado mi confianza y la traición es algo, ya te lo advertí, que no puedo tolerar, y que no tolero. Merece castigo. Y lo tendrá.

Lo habrás intuido al ver llegar a un buen número de mis hombres en lugar de al solitario emisario que solía llegar a tu casa. Has de saber que mis mensajeros fueron siempre acompañados de la misma escolta, pues temíamos una embocada, pero sus protectores aguardaban a respetuosa distancia de tu morada, para no incomodarte. Hasta hoy. En esta ocasión, más que nunca, necesito que su misión se complete con éxito.

Su cometido será distinto al de ocasiones anteriores. No traerán una nueva respuesta de tu parte. Mi paciencia no soporta ya más mentiras ni más traiciones. Te traerán a ti, en persona, ante mi presencia.

Te aconsejo que no te resistas. Sería inútil. Nada podrías contra mis hombres y ellos saben, bajo pena de muerte, que hagas lo que hagas no deben darte muerte. Te traerán con vida ante mí aunque sea a costa de la suya. Tal es su fidelidad. Tal es la lealtad que espero de los míos. Simplemente, te ahorrarás algunos golpes o una herida no mortal pero dolorosa. Nada cambiaría.

Esta vez concluyo diciéndote que no aguardo impaciente tu respuesta, sino a ti mismo. Quizá traerte aquí desde el primer día hubiera sido lo más inteligente. Sin duda, he cometido el error de tratarte con demasiado respeto, pero no se repetirá. Así me lo enseñaste tú, a aprender de mis equivocaciones. Quizá fuera una de tus lecciones más útiles.

Concluyo ya, acompaña a mis hombres hasta mí sin mayor resistencia y dime frente a frente lo que quieras, aunque en realidad todo ha quedado ya dicho entre nosotros.

Solo añadiré una última cosa: tu traición ha sido inútil. Me impondré a mis enemigos, a tus amigos, y gobernaré Roma, que contemplará bajo mi mando una era de esplendor como nunca fue conocida.

¿Por qué actuarán tan estúpidamente los hombres que creen ser los más inteligentes?

Espero que esta reflexión entretenga tu camino hasta llegar a mi presencia y que tengas un agradable viaje.

Hasta pronto.

CARTA XXIV

¡Ave, César! Cayo Cornelio,
centurión de tus legiones, te saluda:

Tus instrucciones han sido cumplidas fielmente. El liberto fue discretamente ejecutado a nuestra llegada. Uno de nuestros hombres, hábil con el cuchillo, le dio muerte por la espalda sin que pudiera proferir ningún grito o advertencia. El viejo no se dio cuenta de nada. Entré solo en sus dependencias y alegué que su criado había quedado al cuidado de mi caballo, herido en una pata. No pareció desconfiar. Le dije que, además, la naturaleza de tu misiva era secreta, por lo que me habías encarecido que fuera yo quien se la leyera. Accedió a que así fuera.

No reaccionó en ningún momento ante lo que decía, ni siquiera cuando pareció intuir el sentido final de tus palabras. Solo al mencionar la muerte de su liberto pareció estremecerse y me pidió confirmación de que efectivamente había muerto. Se la di. Me preguntó si había sufrido y le dije que su muerte había sido instantánea. Pareció consolarse. Le dije que trabajaba para nuestros enemigos y no le sorprendió. «Todos hemos de elegir bando en estos tristes días, unos por interés y otros por servir a Roma, pero nadie puede quedar al margen del enfrentamiento que se avecina», me dijo.

Si tuviera que darte mi impresión sincera, te diría que el aviso de su inminente muerte no le importó, incluso que pareció aliviarle, especialmente la mención a que se reuniría con sus seres más queridos, que habían partido antes.

Ahora se dispone a partir con nosotros. Ha pedido unos minutos para hacer algunos preparativos. Hemos requisado las cartas que guardaba de nuestros enemigos para entregártelas y antes de partir le hemos permitido que llevase consigo las figurillas de los dioses lares que beneraba en un pequeño altar y que representaban a sus familiares fallecidos. Pensó en tomar algo de ropa, pero en seguida comprendió la inutilidad de llevar equipaje. Solo le aconsejé tomar un manto para protegerse del frío del viaje por la montaña.

Envío este mensaje con uno de mis hombres que cabalgará más rápido. Dado el estado del viejo no creo que sea posible que haga el trayecto a caballo, por lo que utilizaremos un carro que usaba en sus desplazamientos.

No creo que podamos culminar el trayecto en esta misma jornada, el día ha avanzado ya demasiado. Haremos noche en el camino, en algún punto elevado desde el que podamos prevenirnos frente a la llegada de nuestros enemigos, aunque no les creo advertidos. Por el camino hemos dado muerte a los que estaban apostados vigilando el acceso a la casa. Ya habíamos descubierto sus escondites en ocasiones anteriores. Si tenemos que juzgar a los seguidores de Pompeyo por el valor de estos dos hombres, tu victoria es más que segura, oh, César.

Nada más. Despido ya a nuestro mensajero. Nos reuniremos contigo mañana antes de que el día esté demasiado avanzado.

La hora de la justicia de César se acerca ya. Leyendo las cartas que el viejo recibió de nuestros enemigos puedo asegurarte que merece mil veces la muerte que le espera.

Me despido, César.

CARTA XXV

Lucio Domicio te saluda,
Pompeyo el Grande:

Te escribo estas líneas para informarte del asesinato de Manio Atellus. Su discípulo, el taimado César, ha hecho el trabajo por nosotros, aunque desconozco las circunstancias en las que se cometió el crimen. No creo que nuestro gran enemigo se haya manchado las manos con la sangre de su víctima: tiene verdugos que obedecen sus órdenes en silencio y las ejecutan con placer. Le imagino impávido, la cabeza erguida con su ridículo peinado para cubrir su calvicie, sin pestañear mientras contemplaba cómo acuchillaban al viejo ante su presencia.

Reconozco ante ti la incompetencia y cobardía mostrada por algunos de mis hombres: descubierta su presencia en el camino y los alrededores del *domus* del maldito viejo por los espías situados para seguir sus pasos, fueron presa fácil de los soldados enviados por César. Tan solo hubo un superviviente, al que conozco de otras veces por su habilidad para salir airoso de situaciones comprometidas. Sin embargo, debo decir que al escapar agotó su suerte, o perdió su olfato para eludir el peligro. Postrado ante mí me refirió cómo se llevaron al maestro. Cuando terminó su relato, no tardó en verter su sangre a mis pies.

Manio Atellus salió de la casa escoltado por los soldados. No opuso resistencia ni iba atado: para no caer se agarraba al brazo de uno de sus captores, que también portaba una *bursa* con lo que debían ser algunas pertenencias del prisionero. Otro le ayudó a subir al carro en el que iba a emprender su último viaje. La serenidad del rostro del pobre ciego no mostraba emociones y parecía resignado en la hora del encuentro con su destino. Quién sabe, puede que en toda esta historia sea el único que ha mostrado cierta dignidad a la hora de enfrentarse a la muerte. A estas horas lo más probable es que ya sea alimento de las alimañas que rondan el campamento de César.

Antes de ponerse en marcha, los legionarios mataron a los pocos esclavos de la casa y después de saquearla se repartieron los escasos objetos de valor que había en su interior. Mientras se alejaban, las llamas del incendio que provocaron consumieron la morada y los campos. Parece que César quería asegurarse de que no quedase nada en pie y arrasar así con todo aquello que pudiera recordar al viejo.

Uno de los hombres cercanos a César, avergonzado ante esos hechos, me lo ha contado. Parece claro que en cuanto su maestro dejó de serle útil se propuso eliminarle. Mi informante no fue testigo del episodio ni sabe cómo fue exactamente, pero no le cabe duda de que así ha sucedido. Lo que parece claro es que las críticas del maldito ciego le resultaban incómodas; no era lo que quería oír. Su falta de adhesión a la causa era imperdonable y la traición descubierta exigía castigo. En su lugar, resulta hasta lógica la despiadada reacción inspirada por su código moral: quería borrar cualquier vestigio que pudiera dar testimonio ante la historia de su cruel naturaleza. El viejo sabía demasiado sobre él y su testimonio sobre el alma soberbia del discípulo podía contar la verdad a las generaciones futuras. Ahora nunca podremos saber si Manio Atellus se arrepintió de haber sido su maestro.

No llego a entender por qué no le asesinaron allí mismo, junto a sus esclavos y a las reses, aunque todo apunta a que cumplían órdenes de llevarle ante su presencia para que rindiera cuentas por última vez. ¡Humillación y venganza, dos de los pasatiempos favoritos de César! Nunca está satisfecho con la simple derrota de sus rivales: exige que se postren ante él suplicando clemencia mientras valora imponer qué castigo puede ser más doloroso. Malsano placer, pero nada sorprende ya de nuestro miserable enemigo.

Desearía que el pueblo de Roma pudiera ver el verdadero rostro del que se postula como único defensor de la República, de la misma forma que se muestra ante nosotros sin máscara. Pero aunque así fuera, el ocioso populacho es maleable como una masa informe de limo apestoso del Tíber y siempre se dejará llevar por las apariencias: nunca será capaz de apreciar la desagradable evidencia que se oculta bajo palabras grandilocuentes y un aire de superioridad ostentosa, que desprecia a los inferiores que la alaban. Es más, entre la plebe se alzarán voces que justificarán lo injustificable.

Por eso mismo nos asiste el deber moral de imponernos sobre un enemigo que quiere acabar con las instituciones de Roma para sustituirlas por un poder absoluto y dictatorial encarnado y perpetuado en su persona. Ya no se trata de una simple cuestión política en la que está en juego el poder: hablamos de supervivencia. Si César se impone, acabará con nosotros; si le derrotamos y no muere en el campo de batalla, yo mismo me pondré al frente de mis hombres para perseguirle día y noche hasta alcanzarle y darle muerte.

Tengo ojos en todas partes y han visto como algunos de los que dicen ser tus amigos están encargando estatuas y bustos con la imagen idealizada de César para que decoren los atrios de sus casas. Gastan sus monedas en balde y ardo en deseos de romper en mil pedazos esas esculturas cuando llegue el día de nuestra victoria. Los que pagaron por ellas antes de que estuvieran terminadas presionarán a los artistas para que se afanen en trocar sus rasgos por los tuyos. Los filántropos previsores de este arte efímero temblarán ante nosotros cuando les preguntemos.

Me aferro a la empuñadura de mi *gladius* que ansía hacer sangre.

Me despido.

CARTA XXVI

Pompeyo te saluda, Lucio Domicio:

No te justifiques ante mí por los errores de tus hombres. Las debilidades humanas abundan entre los de su naturaleza y anidan en los lugares donde los reclutas. Sus vidas o las consecuencias de sus actos resultan ahora irrelevantes para nuestros fines.

Como bien dices, César está ocupado en hacer el trabajo sucio: mejor para nosotros. Que se entretenga con distracciones como esa, que asesine esclavos, que sacrifique ganado, que mate a viejos maestros que ya no le sirven para nada. Es la única satisfacción que va a obtener de su fracasada tentativa de asalto al poder.

Sabíamos que la vida de Manio Atellus no valía nada desde el momento en que él mismo se implicó en esta partida. César iba a descubrir tarde o temprano su doble juego. Sin embargo, desconocemos si el maestro era realmente consciente de su arriesgada apuesta. Su actitud, un tanto fatalista ante la vida, me hace pensar que estaba buscando ese desenlace. De ser así, la ironía es sibilina: nos habría utilizado a todos para sus propios fines.

En todo caso, un problema menos: ya no tenemos que preocuparnos por él. Nos proporcionó información útil sobre César y ahora, cuando la suerte está echada, de nada iba a servir. Los dos bandos hemos utilizado al viejo y el desenlace ha hecho justicia, aunque hablemos de las acciones de nuestro enemigo. Sin embargo, no debes confundirte al respecto: no hay nada digno en la traición perpetrada por Manio; ha demostrado ser digno maestro de su discípulo.

Me has servido bien durante todos estos años, Lucio; tuya es la Galia que César se dispone a abandonar para cruzar el Rubicón desafiando leyes ancestrales. El Senado te la ha entregado y yo respaldo su decisión. Pero antes de que tomes posesión de lo que te pertenece, cumplamos con el trámite y aunemos fuerzas para acabar con nuestro enemigo lo antes posible. Le haremos pagar por su osadía como merece; probará el sabor de su propia medicina.

Pero lo mejor de todo no será verle morder el polvo. Nuestra mayor satisfacción residirá en ser testigos de su mayor decepción: nunca estará a la altura de su admirado Alejandro Magno. Daría una bolsa llena de monedas de oro por contemplar el momento exacto en que su mirada revele el brillo de la frustración. En ese caso, puede que hasta le perdonase la vida con tal de verle marchar derrotado. Ojalá los dioses me concedan ese deseo. Con el tiempo, sus huesos blanqueados serán aventados por el viento y su recuerdo, si algo queda, se desvanecerá como la tinta en los pergaminos roídos por los ratones y consumidos por la humedad.

Eres político, pero también soldado, estimado Lucio. En estas jornadas decisivas para el destino de Roma necesito tu energía. Admiro tu carácter, que no se detiene ante nada. Tu coraje y astucia son más valiosos que nunca para el éxito de nuestra empresa. Cuando César cruce el Rubicón ve a su encuentro con resolución inquebrantable; él no lo espera. Sus legionarios, confiados en la victoria que se les ha prometido, tampoco. Contamos con esa ventaja para vencerles. En la batalla, cuando huyan las primeras filas de las cohortes ante el empuje de nuestras fuerzas, su ejército se desintegrará y la derrota será absoluta. Sin embargo, no debemos confiarnos; la campaña será larga y

César resistirá hasta que caiga el último de sus hombres.

No pierdas el tiempo en juicios morales que no conducen a ninguna parte. Como bien sabes por experiencia, tampoco es momento de preguntas ni escrúpulos. Luchemos juntos, triunfemos juntos. Con la victoria en nuestras manos, dejaremos a los pensadores y a los historiadores la tarea posterior de glosar la gesta que nos hará inmortales.

Confío en ti plenamente. Cuento con tu ansiosa espada, que dará ejemplo a las tropas bajo tu mando a las que guiarás hasta alcanzar la victoria. Promete honores y recompensas y los soldados no te defraudarán. Si no fuera por la sangre, propia y ajena, que se derrama en nombre de la violencia, se diría que todo es un juego de estrategia en el que los hombres se comportan como niños ingenuos que se conforman con el brillo falso de los oropeles, con unas palabras de elogio hacia ellos pronunciadas por su jefe triunfante. Si te conduces de esa forma, conseguirás de ellos lo que quieras. En fin, nada que tú no sepas.

Descuida, sabré emplear tus nuevas sobre el asesinato de Manio Atellus para mostrar ante todos la auténtica personalidad que esconde César, cincelada por una cruel falta de escrúpulos.

Prepárate para la guerra.

Si estás bien, yo también lo estoy.

CARTA XXVII

A quien corresponda:

Estas líneas que traza el cálamo tienen el valor que los hombres y el tiempo quieran darles. No van dirigidas a nadie: escribo para que la verdad sea conocida, aunque son los dioses los que deciden sobre la inmortalidad de los actos. Mi nombre carece de importancia: solo soy testigo que transcribe lo que vio, amparado por la justicia y la verdad.

Conocí al anciano llamado Manio Atellus; al maestro, como le llamaban algunos, incluido el que fue mi señor, Cayo Julio César, vencedor de la guerra civil. Otros, los más crueles, se referían a él despectivamente como el viejo.

Ha transcurrido mucho tiempo desde que atravesó el Rubicón y la conspiración sacrílega que acabó con su vida en el Senado ya es una cuestión del pasado que no conviene remover. Son pocos los vivos que protagonizaron aquellos turbulentos días. Los que se atreven a hablar cuentan la historia que todos quieren oír. El resto, no encuentra sentido en desempolvar viejos recuerdos a los que nadie prestará atención porque de nada sirven cuando no se puede dudar de una verdad hecha a medida del que fue aclamado por el populacho, y aquellos que se apresuraron a seguir la cuadriga dorada del vencedor, como salvador de la República. El silencio se hizo más impenetrable cuando el caudillo victorioso se convirtió en dictador.

Como dijo el músico y poeta con ocasión de una naumaquia, los hombres se dejan llevar por la delirante obsesión de querer perdurar. Cada paso que César dio en su vida fue medido y planeado bajo esa premisa dominante de todos sus actos, incluso los más insignificantes. Pero en la existencia de los que aspiran a dejar grabado su nombre en los pilares de la eternidad siempre se producen sucesos que escapan a su control, accidentes imprevistos que trastocan los planes, pasiones desmedidas que desembocan en errores irreparables, encuentros inesperados con desconocidos o desenlaces que no salen como se podía esperar. Al fin y al cabo, son trampas tendidas por las adustas Parcas que los dioses consienten o rechazan para fortuna o desgracia del héroe; si el resultado es nefasto o inconveniente, el hagiógrafo a sueldo o el escriba obediente pasará por alto un episodio que puede enturbiar las gestas del protagonista.

Manio Atellus nunca se sometió al papel que César le había reservado en su ambicioso plan de asalto al poder. El maestro criticó desde el principio los motivos que su antiguo discípulo quería justificar ante él. El caudillo militar buscaba aprobación incondicional y encontró censura a sus actos. La ambición de César no admitió ser humillada de esa forma y transformó las palabras de interesado afecto en veladas amenazas. En esta historia de mortales el maestro se dejó llevar por la amargura y la inquina para satisfacer una postrera y ruin compensación a través de la traición. Las supuestas dudas confiadas por César en su intercambio epistolar fueron puestas en conocimiento del arrogante Pompeyo el Grande por parte del maestro, que de esa forma quería satisfacer su deseo de venganza estimulado por la decepción ante la vida.

Como había hecho su discípulo, Manio Atellus justificó sus actos en aras de un ideal elevado en el que hacía tiempo que él mismo había dejado de creer. Roma ya era una ciudad corrupta hasta sus cimientos que solo otorgaba valor a la riqueza y violencia que exhibían los poderosos. Las instituciones que el maestro pretendía salvaguardar eran una utopía en la que ya nadie creía, una excusa para la manipulación de las opiniones en favor de los respectivos bandos enfrentados.

César era de los que nunca estaba dispuesto a admitir el error o el fracaso y la actitud del maestro simbolizaba una insolencia no esperada que le ponía en evidencia ante sus enemigos. Consideró que la traición de Manio Atellus le concedía el derecho a matar a un ciudadano romano. Creía que la justicia estaba de su parte y ni siquiera los enemigos beneficiados por la delación iban a salir en defensa del resentido maestro, desenmascarado y condenado. Seguro de su poder y su fuerza, César escenificó ante él un juicio que satisficiera su orgullo y diera apariencia de legalidad al asesinato que pensó cometer.

Ha pasado tiempo desde aquellos días y sin darme cuenta me he convertido en uno de esos ancianos a los que no escuchaba entonces. En la vida todo sucede muy rápido y cuando uno quiere detenerse, ya es demasiado tarde. Pero ahora creo que tengo la edad justa para mirar atrás y contemplar el pasado con serenidad y sabiduría. Sin prisas, puedo narrar lo que sé de aquello. No puedo explicar qué es lo que me mueve a hacerlo, pero quiero creer que era una cuestión necesaria.

En lo que a mí respecta, tan solo debo decir que serví en las filas de la Legión XIII *Gemina* y cobré mi parte cuando César celebró en Roma, con grandes fastos que todavía se recuerdan, el triunfo obtenido sobre sus enemigos. Como soldado, luché en la Galia al lado de Publio, el hijo menor de Manio Atellus. Además de camaradas de armas pronto nos hicimos amigos y en el campamento me hablaba de su padre y del vínculo que en el pasado le había unido al joven César. Aunque Publio admiraba a nuestro caudillo, sus palabras no ocultaban la amarga decepción que sintió su progenitor ante el comportamiento que en los últimos años había mostrado el que fue su discípulo. Como hijo, guardaba respeto hacia las opiniones de su padre; como soldado, estaba dispuesto a seguir a César allá donde fuera. Ante los muros de Alesia un dardo galo atravesó el pecho de Publio y exhaló el último aliento entre mis brazos.

Fui de los primeros que se hundieron hasta las rodillas en las frías aguas del Rubicón siguiendo a Genitor, el caballo de César. Lo crucé como soldado leal que cumple con su deber, aunque albergaba mis dudas sobre la causa que íbamos a defender. La guerra me había curtido el alma como si se tratase de un cuero ajado teñido con sangre. Mi valor en combate había sido recompensado con la Corona Cívica, pero el cinismo brillaba refulgente en mi mirada, con los ojos puestos en un infinito que no podían abarcar ni comprender. Habían visto demasiado, hasta el punto de hacerme renegar de los métodos empleados por algunos hombres para obtener a toda costa la victoria en el campo de batalla. Aun así, siempre estuve conforme con la vida castrense que había elegido y mi destino se sometió a la voluntad de los dioses, contra los que nunca blasfemé.

Aquella noche en que fuimos al encuentro de Pompeyo dispuestos a cincelar la Historia cumplí las órdenes, pero en mi ánimo pesaban los sucesos de los que había sido testigo unas horas antes, con las primeras luces del alba reflejadas en la escarcha sobre la hierba.

Al amanecer de aquel día, el campamento bullía de frenética actividad con los últimos preparativos previos a nuestra partida. El rostro circunspecto de César reflejaba la tensión del momento, pero en sus facciones también se adivinaba una expresión de cierta desazón que le alteraba; parecía ajeno a todo lo que le rodeaba mientras abrigado por pieles paseaba a un lado y a otro del exterior de su tienda, como si esperase impaciente la llegada de alguien. Sus lugartenientes le observaban con preocupación, sin atreverse a preguntarle por los motivos de su inquietud, mientras especulaban intrigados sobre la identidad y rango del personaje al que aguardaba. La espera no se demoró demasiado.

La comitiva se abrió paso entre soldados y pertrechos. Los legionarios se apartaban a ambos lados mientras miraban curiosos al anciano que era llevado ante la presencia de César. Los gritos de los centuriones les hicieron volver a sus asuntos ante la indiferencia de aquellos hombres que escoltaban al prisionero ciego. Al frente de ellos estaba el que respondía al nombre de Titus, hábil asesino que se escondía bajo diferentes disfraces. Supe después que había ejercido de pacífico emisario portador de las cartas que César dirigió al anciano maestro. De esa forma se ganó la confianza de Manio Atellus, que nunca sospechó de él. Otro era Marco, el brutal *beneficiarius* que con su sola presencia hacía temblar a veteranos soldados que en la batalla habían plantado cara a la muerte. El resto era un grupo de miserables precedidos por su hedor, sujetos que no merecían la consideración de soldados y con los que siempre se podía contar para hacer el trabajo sucio.

Titus y Marco condujeron al maestro hasta la tienda de César. Allí le ayudaron a bajar del carro. El anciano tiritaba, pero no de miedo.

Sus huesos, resentidos por el largo viaje, apenas le sostenían.

—Cuánto tiempo.

César habló con solemnidad.

—Reconozco tu voz, aunque no pueda verte —respondió Manio Atellus.

El discípulo se desprendió de sus pieles y las puso por encima de los hombros del maestro. Después ofreció su brazo para que el anciano se apoyase en él y le acompañó al interior de la tienda, fuera del alcance de miradas indiscretas. Titus obedeció a un leve gesto de César y siguió sus pasos. Por la naturaleza de mi rango tuve el privilegio de ser testigo de la escena que se desarrolló a continuación.

El anciano permaneció de pie, mientras César tomaba asiento en su silla curul. Todo parecía cuidadosamente dispuesto en medio de una atmósfera de luz atenuada. Sin embargo, la engreída superioridad del discípulo no consiguió enmascarar su debilidad. A pesar de las apariencias y de los pecados de cada uno, era como si la dignidad se enfrentase al juicio de la arrogancia.

—Has ordenado destruir mi biblioteca —dijo de pronto el ciego—. Ya no me queda nada. No soy nadie. Puedes hacer conmigo lo que quieras.

—Me has traicionado —respondió César imperturbable.

Con esa frase lapidaria pretendía justificar sus actos.

—Aquí me tienes. No esperes que me postre a tus pies como un caudillo galo suplicando clemencia.

—Estaba seguro de que no lo harías.

—Me podías haber ahorrado el incómodo viaje.

El maestro parecía muy cansado. César se revolvió incómodo en la silla antes de responder.

—Solo quería que supieras por mí que haré que tu nombre desaparezca para siempre.

El discípulo esperó una reacción que no se produjo.

—No me importa. Tal vez sea justo y lo merezca.

—Ahora soy el dueño de tu vida y he tomado una decisión: no vas a ser testigo del final de la República que presagiaste.

César comprendió que no iba a obtener la satisfacción esperada y que estaba perdiendo el tiempo.

—Has llegado al final de tu camino, maestro —sentenció autoritario.

Al oír aquellas palabras en boca del que fue su discípulo, el anciano se irguió y sus ojos velados le miraron fijamente, como si realmente pudieran verle.

—Ni siquiera tú, poderoso César, puedes dar muerte a un ciudadano romano. Si actúas así, estarás cometiendo un vil asesinato —dijo con la solemnidad con la que se pronuncian las leyes.

Al oír aquellas palabras el rostro de César experimentó un súbito abatimiento. Fue como si de pronto el criminal fuera consciente de la gravedad del delito que iba a cometer y cayera sobre él la responsabilidad del daño que estaba dispuesto a provocar. El interior de la tienda quedó entonces sumido en un silencio absoluto. Parecía como si el mundo se hubiera detenido durante unos instantes.

—Hoy empieza un tiempo nuevo en el que César lo podrá todo —respondió el discípulo tras recobrar cierta presencia de ánimo, la suficiente para mostrarse inflexible.

Sus ojos oscuros y penetrantes se dirigieron entonces hacia un rincón de la tienda que permanecía en sombras. De aquella oscuridad surgió de pronto la figura de Titus, que avanzó resuelto hacia el indefenso anciano. Sabía lo que tenía que hacer sin necesidad de una orden. Su aparición provocó en todos nosotros un funesto estremecimiento. Fue entonces cuando, a pesar de la tensión que me atenazaba y la inquietud de mi temor, alcé mi voz.

—César, hace muchos años que te sirvo y conoces mi lealtad.

Me adelanté unos pasos, los suficientes para que Titus se detuviera desconcertado ante mi osadía.

—No hablaré en defensa de este hombre y tampoco discuto tus razones para ordenar su muerte, pero es un ciudadano romano y si acabas con su vida será un asesinato que tus enemigos no dudarán en usar contra ti. No somos bárbaros que carecen de leyes e instituciones por las que regirse y a las que respetar. Ante todo, debes tener muy presente que ni siquiera tu poder puede arrebatarle la vida sin un proceso justo. Si aun así decides seguir adelante, el crimen quedará grabado en tu conciencia, será conocido por todos y manchará tu reputación y legado para siempre. Y tú no deseas pasar así a la Historia. Recuerda el reguero de cadáveres que Mario y Sila dejaron tras ellos en la última guerra civil, herencia por la que son recordados.

César me dejó hablar mientras su mirada me atravesaba como un hierro candente. No estaba acostumbrado a que nadie pusiera en duda sus decisiones, algo que mucho menos esperaba de mí. Pareció desconcertado y de nuevo reinó un silencio abrumador.

Fue en ese momento cuando un emisario se presentó inesperadamente en la tienda, interrumpiendo bruscamente la escena.

—¡Ave, César!

—¿Qué ocurre para que te atrevas a entrar así?

—Preguntó contrariado ante aquel hombre agotado por galopar durante varios días.

—Traigo un mensaje urgente, mi señor.

—Espero que lo sea —César nos miró por encima del hombro—. ¡Habla!

La garganta reseca del emisario tragó saliva.

—Pompeyo ha ordenado la movilización de las legiones de Italia e Hispania. Podrían estar preparadas en pocas semanas para formar un gran ejército.

Al escuchar la noticia, César se volvió hacia nosotros y su rostro pareció recuperar el brío que mostraba ante los desafíos. Nos miró uno a uno hasta que sus ojos se detuvieron en el venerable rostro del que había sido su maestro.

—Ahora tengo asuntos más importantes que atender. Lo demás puede esperar —habló dirigiéndose a nosotros.

Su voz sonaba neutra y contenida, sin emoción, pero todos comprendimos que se refería a Manio Atellus.

César salió apresuradamente de la tienda y todos le seguimos. Antes me aseguré de que Titus no se quedase atrás.

Nunca volví a ver al anciano ciego ni supe nada más de él.

Este es mi testimonio de lo que sucedió aquel día: el que fue maestro de César no fue asesinado.

Me reconforta pensar que las palabras pronunciadas por un simple soldado, acostumbrado a quitar vidas con sus propias manos, sirvieron en esa ocasión para salvar la de Manio Atellus.

Ahora conocéis los hechos tal y como sucedieron. No soy quién para juzgar la conducta de los hombres, pero debía contar la verdad que pone a cada uno en el lugar que le corresponde.

CARTA XXVIII

Manio Atellus saluda a
su estimado Cayo César:

Escribo esta carta desde Massilia, donde disfruto del sosiego que proporciona un clima agradable frente al Mare Nostrum. Mi salud es buena y mi espíritu ha recobrado fuerzas. Debo dar gracias.

El esclavo de origen griego al que dicto esta carta me sirve bien y me ayuda a impartir las clases. Su carácter dócil a veces me recuerda al del fiel Samio.

Me dirijo a ti cuando hoy me llegan las noticias de la muerte de Pompeyo en Egipto y del final de la guerra civil.

Te has convertido en el hombre más poderoso de Roma, que es lo mismo que decir del mundo conocido. Puedes sentirte orgulloso al compararte con tu admirado Alejandro Magno: has llegado más lejos de lo que él alcanzó nunca. Ahora debes esforzarte por lograr, de la misma forma que lo consiguió el macedonio, que tu legado perdure en la memoria de los hombres.

Has cumplido tu palabra a la hora de mostrar clemencia con tus enemigos. Sé que no has ejecutado a los que se rindieron y has respetado la decisión de quienes optaron por permanecer neutrales. Aquellos que han luchado a tu lado me aseguran que tampoco ordenaste la muerte de Pompeyo. Ese gesto, de la misma naturaleza que el perdón que concediste a mi traición, dignifica tu figura y agrandará tu nombre con el paso de los siglos. Sabes bien que no le doy demasiado valor a la vida, pero al mostrarte indulgente conmigo me has demostrado que no todo estaba perdido. Tenías que oír la emoción que transmiten mis jóvenes alumnos cada vez que me piden que relate tus hazañas. Ellos jamás olvidarán lo que yo ahora pueda contarles sobre ti.

Espero que también honres el juramento que me diste de preservar y defender las instituciones de la República. Nada te impide ahora convertirte en dictador: puede que hasta sea justo y necesario para reconstruir Roma después del daño y sufrimiento provocados por la guerra. En cualquier caso, tu decisión debe respetar la per-

manencia del Senado y el papel de los magistrados. El paso del tiempo te demostrará que es lo
más acertado.

Nada más debo decir.

Aquí tienes a tu maestro. Para siempre.

CARTA XXIX

(Esta carta pudo haber sido escrita en junio del año 47 a. C. Habrían transcurrido ya más de dos años y medio desde que César reflexionó ante el Rubicón).

Cayo César saluda a
Manio Atellus, su querido maestro:

Me ha alegrado recibir noticias tuyas de la vida que llevas en Massilia. Tu vida corría peligro si permanecías en Italia, aunque estuvieras a mi lado, cuando todavía era incierta la suerte de la guerra. Pensé que el antiguo emporio griego sería un refugio seguro; ahora constato que la elección fue acertada.

Leo con satisfacción que has retomado la docencia. Nadie mejor que yo sabe de la importancia que las lecciones de un buen maestro pueden tener a la hora de forjar el espíritu de los jóvenes.

Como ya sabes, te escribo desde Egipto, adonde llegué hace algunas semanas persiguiendo a Pompeyo, rival pero nunca enemigo. En ningún momento ordené su muerte. Fueron los egipcios quienes le asesinaron antes de que pisara con mis legionarios este lejano país. Débiles y astutos, querían congraciarse conmigo después de haberle apoyado durante la guerra; pretendieron entregarme su cabeza decapitada, pero me negué a aceptar ese macabro tributo como símbolo de lealtad. Me bastó con ver su anillo ensangrentado, que también quisieron darme para sellar su amistad.

Estoy convencido de que el honor y carácter de Pompeyo le habrían impedido aceptar mi clemencia. Por eso creo que para él hubiera sido mejor morir en combate luchando en Farsalia, batalla que con su derrota puso fin a la guerra, o quitarse la vida en su campamento. Nunca llegaré a entender su decisión de viajar a Egipto, trágico error que supuso su final de un modo tan humillante e injusto.

Sentí que muriera de ese modo. No era lo que deseaba para él y tampoco lo merecía. Durante un tiempo le tuve afecto: fue mi yerno y respetaba su integridad y honor como romano. En repetidas ocasiones a lo largo de nuestra disputa, tal y como te prometí, intenté poner fin a la guerra entre romanos y zanjar amistosamente nuestras diferencias. El problema nunca fuimos nosotros: desde luego no yo, que hubiera aceptado compartir el poder con alguien como él. Fueron los consejos de mis corruptos enemigos, de los que se había rodeado, los que guiaron sus actos hasta el final.

También me impresionó conocer el modo en que fue asesinado a traición, narrado por uno de sus hombres. Confiado por la presencia de dos oficiales romanos a los que conocía, subió a una barca rodeado de egipcios y sin escolta. Sin mediar palabra fue vilmente apuñalado antes de llegar a tierra, a la vista de cuantos contemplaron la escena desde su nave. Al escuchar el relato sentí un estremecimiento, que no podría explicarte, al pensar en esa muerte cruel, consentida por amigos y perpetrada por quienes actuaban enmascarados por el anonimato de un crimen colectivo. Me pareció una forma horrible de morir y entonces anhelé que la muerte me alcance a avanzada edad, en la paz de mi lecho, o de manera rápida, en el campo de batalla, rodeado de mis legionarios y a manos de auténticos enemigos, aquellos que también lo son de Roma. Espero que los dioses me concedan ese deseo.

La guerra, pues, ha concluido. Y una vez más, César ha vencido. Los dioses así lo han querido, aunque nada hubiera conseguido sin la lealtad y el valor de mis hombres. También mi determinación de César fue decisiva de nuevo. No estaba preparado cuando decidí cruzar el Rubicón, pero mis enemigos lo estaban aún menos. Sabía que el rápido avance sobre Italia les sorprendería, obligándoles a abandonar Roma precipitadamente, dejando sus recursos a mi merced, y que Pompeyo tendría que dividir sus fuerzas, a las que pude derrotar por separado en Italia, Hispania y finalmente Grecia, anulando su gran ventaja inicial.

Tal y como me comprometí en la larga conversación que mantuvimos a la orilla del Rubicón antes de cruzarlo, he sido magnánimo con mis enemigos a lo largo de la campaña militar. Salvo los que murieron con honor en la batalla, todos los prisioneros fueron tratados con respeto y liberados; a ninguno di muerte ni mandé ejecutar por otros. Tampoco he ordenado la muerte de Cicerón, a pesar de que finalmente decidió tomar partido en favor de Pompeyo. Entendí y respeto su lealtad hacia el hombre, un gran romano al fin y al cabo, y su escrupulosa interpretación de nuestras leyes. Para él, el paso del Rubicón fue siempre un ataque contra Roma. Puede que lo fuese, aunque nunca llegase a entrar en la ciudad con mis hombres, mérito que debería sernos reconocido. Hasta las sesiones del Senado en las que participé se produjeron fuera de sus murallas para que no tuviera que atravesarlas. De esta forma honré la promesa que te hice de mantener las instituciones de la República.

Lamento profundamente haber pensado en darte muerte. Además de un horrendo crimen hubiera sido una grave injusticia y un terrible error de los que me hubiera arrepentido hasta el final de mis días. Ahora me avergüenza recordarlo. Debo a la valiente intervención del oficial que los dioses pusieron en nuestro camino para interceder por ti, que reconsiderase una decisión que había tomado dejándome llevar por la cólera. Esa circunstancia me dio tiempo para juzgar la situación desde otra perspectiva, recordar tus lecciones y reflexionar sobre el modo en que quería pasar a la historia. Me alegro de ese desenlace y de nuestra posterior conversación a orillas del Rubicón. De esa forma me di cuenta de que tu lealtad a nuestras leyes y a Roma, y no a mis enemigos, había guiado en todo momento tus actos.

De todos modos, creo que la manera en que sucedieron los hechos y, sobre todo, el que mis enemigos creyeran que te había dado finalmente muerte, resultó beneficioso para mi causa. En un principio, pretendieron utilizar contra mí el presunto crimen para convencer a los indecisos de mi crueldad. Sin embargo, todos mis actos posteriores hicieron inútiles sus esfuerzos; por otra parte, la convicción de que habías muerto les disuadió de buscarte, lo que te permitió eludir su sed de venganza. Y es que, a diferencia de mí, durante toda la guerra ellos no han sido clementes con quienes me han ofrecido su fidelidad. Ni siquiera se han mostrado benevolentes con aquellos que prefirieron permanecer neutrales.

Te confieso que estoy cansado. Llevo demasiados meses lejos de Roma. Cumpliré cincuenta y tres años en pocos días; sin duda una vida larga para quien ha estado expuesto a tantos peligros como yo. Hace unos días, aquí en Egipto, estuve cerca de la muerte... Una vez más. Pero tuve suerte. Nunca me ha abandonado. Siento que llevo toda la vida luchando, siempre en peligro. Mi rivalidad con Pompeyo, en nuestra lucha a muerte, ha llenado plenamente mi existencia en estos últimos años. Ahora, en tiempo de paz, me siento de algún modo vacío.

No apresuraré mi regreso. De hecho, estoy a punto de partir en un viaje por el Nilo que durará varias semanas. Puede parecer imprudente, como opinan mis oficiales, pero necesito descansar, ausentarme por unos días: solo el descubrimiento de nuevos y hermosos lugares le dará a mi mente el reposo que necesita. Hay demasiados pensamientos y recuerdos ingratos que quisiera dejar atrás. Mi viejo mal permanece agazapado y, si no me cuido, aparecerá de nuevo, en el momento más inoportuno.

No te oculto que existe una mujer: la reina Cleopatra. Una mujer fascinante.

Sé lo que piensas, o mejor dicho, intuyo lo que me dirías si estuviera ante ti: recuerdo bien tus consejos a ese respecto. Sin que me digas nada, sé también que jamás podré confiar en ella. Algunos que lo han hecho murieron. Cleopatra es bella, inteligente y despiadada, una peligrosa combinación que a la vez la hace más atractiva y seductora. Las horas pasan fugazmente a su lado. Sé que no me ama, y que quizá ni tan siquiera sienta hacia mí mayor inclinación, como la que a un hombre le gusta sentir en una mujer, pero sí admira a César y necesita de mi poder y con eso, por ahora, me es suficiente.

Probablemente me acompañe a Roma a mi regreso. Sé que, de nuevo, eso desagradará a algunos, puede que también a ti, pero es mi voluntad y a estas alturas puedo permitirme este capricho. Mientras tanto la observo como a las fieras exóticas de este país deslumbrante que llevaré a mi regreso para exhibir ante toda Roma. Compadezco a los hombres que puedan amarla en el futuro, cuando yo ya haya muerto.

Me despido ya, querido maestro, espero que esta carta te demuestre que obraste bien cuando comprendiste finalmente que el paso del Rubicón era obligado. No te oculto que lo hubiera cruzado en todo caso, aunque tú te hubieras opuesto, pero para mí fue importante hacerlo sabiendo que conocías mis justas motivaciones.

Desconozco si los dioses nos depararán la oportunidad de volver a vernos. Me gustaría creer que así será, pero ¿quién puede saberlo?

Termino ya. Solo me queda reiterar mi respeto y agradecimiento hacia ti, sentimientos que van acompañados de mis mejores deseos para el resto de tus días.

Hasta siempre, querido maestro. Que los dioses te acompañen.

FIN

CONCLUYÓ LA IMPRESIÓN DE ESTE LIBRO POR ENCO-
MIENDA DE BERENICE EL 4 DE SEPTIEMBRE DE 2022.
TAL DÍA DE 1989 FALLECE RONALD SYME, HISTORIA-
DOR NEOZELANDÉS, PROMINENTE EN EL ESTUDIO
DE LA ANTIGUA ROMA Y AUTOR DE *LA REVOLUCIÓN
ROMANA*, OBRA ESENCIAL PARA CONOCER LA ERA DEL
EMPERADOR AUGUSTO.